AF372234

ISBN 979-10-94712-10-8

Michel TREGUER

AVEUGLÉMENT

Récits

C'est un recueil de nouvelles. Mais les références croisées entre les différents récits en font une sorte de roman : un thriller démembré, un éventail d'histoires sorties de la nuit du monde comme des fils d'araignée par des éclairs de lune…

La deuxième fable, *Genèse Porno,* reprend, en les développant, des pages qui sont au point de départ d'une enquête contée dans un premier texte, *Sexuelles.*

Quelques autres personnages, quelques thèmes, renaissent également de livre en livre. Un commentaire en fin d'ouvrage revient sur ces redondances.

SOMMAIRE

« *Un homme, dit Rex en tournant le coin de la rue avec Margot, avait perdu un bouton de manchette en diamant dans le vaste océan bleu. Et vingt ans plus tard, jour pour jour, un vendredi semble-t-il, il était en train de manger un gros poisson. Mais il n'y avait pas de diamant à l'intérieur. C'est ce que j'aime dans les coïncidences.* »

Vladimir Nabokov, Rire dans la nuit

INCOGNITO

L'un des signes les plus évidents de la mondialisation est l'uniformité des avions long-courriers. On quitte son pays, on devine loin devant des contrées encore sans visage où s'entendent des idiomes incompréhensibles ; on oublie la baguette de pain et le beaujolais pour se préparer à manger des vers et des insectes ; on envoie au diable les Gaulois, Clovis, Louis XIV, Charles de Gaulle, Nicolas Sarkozy et François Hollande. Et on se retrouve systématiquement dans le même Airbus ou dans un Boeing que rien ne différencie de l'appareil européen. La compagnie Aeroflot vient d'annoncer l'abandon de ses Tupolev et Iliouchine. Sans doute les futurs jets chinois ou indiens seront-ils à leur tour des répliques des avions occidentaux. Il est plus simple de les copier que de refaire des études onéreuses qui pourraient de surcroît déboucher sur des résultats voisins. En un sens ces avions sont, comme les organismes vivants, des produits de l'Évolution et de la sélection naturelle. Les lois de la physique, de la gravité, de la portance de l'air, de la poussée des gaz brûlés, et celles de l'économie mondiale, du prix des carburants, des ressources des clients, n'admettent pas une infinité de solutions. Il n'y a qu'un théorème de Pythagore, une loi de Mariotte, une formule de l'énergie cinétique. Les marchés sont plus capricieux, mais seulement à court terme. La logique unifie, même quand elle reste sous-jacente comme la main d'Adam Smith. Pour autant, le résultat n'est pas prévisible, les économistes en savent quelque chose, c'est même la seule chose qu'ils sachent ; mais rétrospectivement l'alignement se fait.

Au résultat, on se veut sensible à la multiplicité des cultures, mais pour aller de l'une à l'autre on doit emprunter le canal unique d'une carlingue habillée des mêmes sièges, des mêmes bouches d'aération, des mêmes haut-parleurs débitant les mêmes « *ladies and gentlemen, oxygen masks will fall automatically, your life jacket is under your seat...* » On croyait être français, on découvre qu'on n'est désormais qu'un humain indistinct ; mais qu'on l'est justement, ce qui n'est pas si mal. Un habitant de la planète Terre. Une toute petite planète. Et peut-être bien un univers d'autant plus mesquin qu'il est gigantesque.

D'où, à l'inverse, mon plaisir d'entendre aussi, dans cet avion brésilien, le chant doux et mélancolique de la langue portugaise, *saudade, saudade,* et de me laisser surprendre par l'allumage d'un éclairage rosé qui donne soudain à notre prison technologique l'allure désuète d'un boudoir de maison de passe. Nous avons même droit à des jets d'une vapeur parfumée destinés à combattre la sécheresse de l'air conditionné. Vive le Brésil ! L'emplacement de mon siège ne me convient pas, il est trop près d'un des cabinets de toilettes, je ne voudrais pas avoir à subir pendant la nuit un va-et-vient incessant de prostates contraintes et des bruits de chasse d'eau. J'invente que le jack de l'accoudoir fonctionne mal, qu'il délivre une musique saturée, et je demande à changer de place. Le steward s'en moque. Je découvre avec satisfaction un ensemble de trois fauteuils libres, je me laisse choir sur le premier d'entre eux. Plus tard, je pourrai même m'étendre pour dormir un peu. Hélas, une autre passagère a eu la même idée et vient s'installer à mes côtés. Au moins, elle me sépare du voyageur qui occupe l'autre extrémité de la rangée, un gros type suant qui pourrait bien ronfler pendant la nuit et dégager quelques effluves malodorantes. Ma voisine sent bon.

Qu'est-ce que je fais dans cet avion ? Je reviens. Je ne sais pas si c'est une défaite. Je n'ai pas encore annoncé mon escapade à Sidonie. Elle était elle-même en voyage, en Indonésie je crois, dans un trou perdu ; sa société bijoutière l'envoie souvent acheter de l'or ou des diamants dans les lieux les plus improbables. Nous nous sommes parlé deux ou trois fois pendant la semaine. Mais, si les téléphones portables permettent de passer et de recevoir des appels où que l'on soit, ils ne disent qu'aux opérateurs, aux espions et aux policiers, où sont les correspondants : pas aux benêts que nous sommes. Sidonie me croyait rue de Seine, quand je regardais le Pacifique, de l'autre côté des Andes. Elle ne me reprochera pas de lui avoir caché ce caprice d'enfant. Elle voudra bien s'en amuser. Peut-être même trouvera-t-elle dans cette lubie de son homme une raison nouvelle de l'estimer et de réveiller son propre désir. On verra.

Pour l'instant, je suis dans un avion d'une compagnie brésilienne et j'ai commencé à écrire mentalement le présent récit. Au demeurant, ce « pour l'instant » pose un problème propre à tous les récits de voyage. On voudrait traduire le présent de l'errance, de la découverte, mais les graffiti qui porteront ces sentiments ne prendront forme qu'en trouvant plus tard l'éternité figée du papier. Je suis dans l'avion, mais le lecteur lit les confidences d'un type qui a passé de longues heures derrière son bureau. On écrit « je vois la mer », « je ris », « je suis heureux », mais au moment où on l'écrit on est peut-être terrassé d'angoisse devant une page blanche.

Nous avons décollé de Sao Paulo, nous survolons à présent Rio de Janeiro, le pilote vient de nous faire apercevoir le Pain de Sucre et le Christ de Corcovado. À la vérité il ne s'agissait que d'une brève escale, j'avais embarqué à Santiago du Chili. Où j'étais arrivé en car depuis Valparaiso.

Pourquoi Valparaiso ? Essentiellement parce que rien d'autre ne m'y conduisait que le désir d'y satisfaire enfin un fantasme presque aussi vieux que moi. Cette ville inaccessible et ce nom magique dessinaient une sorte de diamant noir qui m'appelait depuis mes premières années avec les mots bizarres des anciens cap-horniers : *Et nous irons à Valparaiso, haul away, hé, oula tchalez !* C'était loin, très loin, au-delà de l'Atlantique trop familier, derrière la légendaire Cordillère, de l'autre côté de Montezuma et de Atahualpa. Cortès et Pizarro verraient passer mon avion au-dessus de leurs caravelles et de leurs hordes d'assassins. J'avais moi-même rencontré le petit-fils d'un de ces fiers marins d'antan sur l'île d'Ouessant. Son grand-père s'en était allé, à douze ans, à l'aube du dernier siècle, s'engager comme mousse sur une goélette de Southampton qui ramènerait du Chili des nitrates nécessaires à la fabrication des explosifs européens. Il fallait préparer les tueries de la guerre à venir. Le voyage du grand voilier était rude, il durait plusieurs mois, la nourriture pourrissait dans les cales. Les jeunes étaient l'objet de toutes les brimades ; c'étaient eux, plus légers, qui devaient monter au faîte des grands mâts, même pendant les tempêtes, lorsqu'une réparation s'y avérait nécessaire. Et le pire était à venir. Les bateaux n'accostaient pas à Valparaiso pour prévenir la fuite des marins de cet enfer. Ils s'arrêtaient à l'ancre, loin dans la rade, où des barges les ravitaillaient. Après plusieurs semaines de cet affreux stationnement, on repartait vers le Cap Horn.

« Revenu en Angleterre, on buvait tout, on signait son réengagement alors qu'on était ivre mort.

– Combien de fois l'a fait votre aïeul ?

– Trois fois. Seuls les baisers de sa douce l'ont retenu de recommencer. L'ennui du mariage contre la folie de l'aventure. »

Santiago où il m'avait d'abord fallu me poser m'avait à la fois charmé et un peu déçu par sa banalité très européenne : un centre-ville impeccable, des publicités gérées par Decaux, un métro construit par Alstom, une *Moneda* refaite à neuf sans traces des balles qui avaient peut-être tué le président Allende le 11 septembre 1973, un premier *nine-eleven*. En arrivant de Paris on ne pouvait qu'être étonné d'y trouver une population aussi peu colorée : aucun Noir, et très peu de traits indiens, la colonisation avait fait le ménage en cette extrémité australe. Quelle ne fut donc pas ma surprise de découvrir à Valparaiso, à peine un peu plus loin, un port assez misérable qui paraissait n'avoir guère changé depuis des décennies. Quelques avenues sordides encombrées de clochards et de chiens endormis, des habitations de tôles peintes accrochées à des rues pentues et des escaliers défoncés, telle était donc la cité magique vers laquelle m'avaient mené un vol de quatorze heures et un supplément de trois heures en car. On pouvait penser à Cuba ou même à certaines villes africaines. La place principale de la cité, devant le pompeux bâtiment de la Marine chilienne, était coiffée d'une sorte de toit de guirlandes qui, vues de près, se révélaient composées de bouteilles de sodas et de bières enfilées sur des câbles. De l'art populaire, sans doute. Sous cette voûte postmoderne, de petits échiquiers posés sur des pneus attendaient des joueurs qui avaient bien fait d'oublier de se lever. Seule la maison du prix Nobel Pablo Neruda méritait l'attention des quelques touristes égarés en cette improbable destination. Il était question de déterrer le corps du poète pour examiner s'il avait été empoisonné par les sbires de Pinochet.

Étais-je pour autant navré ? pas du tout ! Je n'étais pas venu pour découvrir un autre Compostelle ou un nouveau Rotterdam, mais simplement pour voir et pour savoir, quel que fût le spectacle. La surprenante pauvreté de ce lieu mythique était aussi intéressante, et à la vérité aussi juste, que l'eût été une richesse oublieuse d'un passé de misères et de souffrances. Au demeurant, il y avait à quelques kilomètres, accessible par un petit train propret ou par des bus bringuebalants, une station balnéaire plus moderne. Aucune place, dans le présent récit, pour cette *Viña del Mar* beaucoup moins exotique.

Paris, six jours plus tôt. Je rentrais chez moi, sans avoir jamais pensé à fuir mon univers quotidien, mon bureau, mes chantiers, mon foyer, le lit de ma femme. Sidonie s'était absentée, mais elle ne m'avait pas quitté. Il était certain qu'elle ne me trompait pas. Je la désirais toujours, nous faisions l'amour deux à trois fois par semaine ; tous les jours par périodes. Les autres femmes étaient pour moi des relations amicales, quelquefois de charmantes apparitions. Il pouvait m'arriver de me sentir visité par des désirs de changement mais je ne m'étais jamais laissé aller à les imaginer formellement, encore moins à les vivre. Je me méfiais des raisons inavouées qui pourraient vouloir disposer de ma liberté. Si quelque nouveauté devait s'emparer de moi, il faudrait qu'elle surgisse et s'impose depuis les limbes de futurs impensés. Mon travail m'autorise suffisamment de temps libre pour que je ne mette aucun collègue dans l'embarras quand je laisse passer quelques jours sans paraître au bureau. Il m'est déjà arrivé d'envisager la douceur que pourrait avoir une préretraite.

Du boulevard Saint-Germain je suis passé dans la rue Danton. Si l'un des films proposés par le cinéma Hautefeuille m'avait tenté, je me serais peut-être laissé faire, et ce livre n'aurait pas vu le jour. J'ai débouché sur le boulevard Saint-Michel, je me suis laissé attirer par les petites lumières vertes des taxis en stationnement au coin du quai. On aurait dit des yeux. De lynx ou peut-être de jaguars, d'ocelots. L'Amérique du Sud commençait à effacer la grisaille parisienne. C'était l'été là-bas.

Mais pourquoi un taxi ? Si cette idée s'était aussi facilement imposée, il fallait donc lui refuser sa douteuse victoire. Pas question de me retrouver enfermé dans l'étouffant carcan d'un dialogue avec un unique chauffeur. Un type qui me parlerait de la météo ou de la circulation, de la bagarre Copé-Fillon ou des dénégations de Jérôme Cahuzac ; du jour où un bonhomme impecca-blement habillé avait refusé de mettre son attaché-case dans le coffre de la voiture et lui avait demandé de le conduire à Genève en passant par une départementale du Jura. Je voulais être seul, mais au sein d'une foule, de milliards d'atomes, de cerveaux, de passés, de possibles. Regarder tous ces gens contraints par des nécessités et ressentir ma merveilleuse vacuité.

J'ai pris le RER. C'était bondé. Magnifique. Davantage de peaux noires que d'« ensouchés » inquiets de cet environnement. Encore mieux. Ma manière à moi de m'adapter à ce nouveau monde consiste à ne plus jamais présenter ma carte d'identité trop française mais systématiquement mon passeport, plus international. Il n'y a certes pas que des chrétiens et des révolutionnaires jacobins parmi les électeurs qu'effraie la densité des populations immigrées, mais il y en a. Et ceux-là ne veulent pas penser que la mondialisation est simplement la conséquence logique des doctrines fraternelles qu'ont produites leurs messies. Tous les humains se valent ? Aimons-nous les uns les autres ? Alors, allons-y ! Dans le village de ma grand-mère dépourvu de curé depuis plusieurs années a débarqué un jeune prêtre noir d'origine togolaise. Les trois quarts des fidèles ont signé une pétiion demandant le départ de ce missionnaire à l'envers. Ils préféraient une église vide. Je me suis demandé si, de son côté, le malheureux reprochait quelquefois à son Dieu d'avoir choisi de s'incarner en homme blanc.

L'Histoire ne cède pas facilement ses acquis : en passant à la Gare du Nord, la RATP cède le train à la SNCF. Et puis, je joue le joli cœur et le démocrate irréprochable, mais à la vérité je dois bien confesser quelques préférences « au faciès ». Je vote pour cette jolie jeune fille devant moi, juchée sur des talons invraisemblables. On la dirait dessinée. Sur ce plan-là, je suis affreusement banal, une victime désignée des agences de pub et des créateurs de mode. Les filles au teint diaphane, au torse court et aux jambes interminables me bouleversent.

Est-ce que telle est la silhouette de ma voisine ? Je ne l'ai pas suffisamment regardée quand elle s'est approchée dans l'allée de l'avion. Je ne savais pas qu'elle venait s'asseoir près de moi. Elle a allumé l'écran inséré dans le dos du fauteuil qui lui fait face ; mais, comme je ne le vois que de biais, je ne sais pas ce qu'elle a choisi dans l'offre pléthorique. Personnellement, je ne regarde pas de films en avion. L'image trop petite et les dialogues dégradés me paraissent leur ôter toute qualité cinématographique. Je préfère méditer devant la carte du monde qu'arpente le signe minuscule de notre salon volant, en écoutant des airs de mes musiciens et chanteurs préférés : Monteverdi, Lulli, Phil Glass, Leonard Cohen, Dylan ; à l'occasion, Elvis, Roy Orbison ; et bien sûr Cesaria Evora, l'improbable merveille. Quelques inconnus au cas où, mais jamais de rap dont les pauvretés scandées m'affligent. L'*Orphée et Eurydice* de Gluck fait partie des propositions brésiliennes, tout va bien.

On nous sert un repas bien qu'il soit près de minuit. C'est la règle sur les vols internationaux : à table dès la trajectoire stabilisée, quels que soient l'heure et l'appétit des passagers. Ma voisine se contente d'un verre d'eau, elle paraît se préparer à dormir. Comme seuls le portugais et l'anglais ont cours dans la cabine, il est difficile de deviner sa nationalité. J'essaierai le français quand je serai bien sûr de ne pas lui souffler au visage une odeur de poulet, de fromage, de vin rouge ; de chocolat, de café. Rien à dire, c'est convenable.

L'occasion ne s'est pas présentée, l'équipage a baissé les lumières et je me suis endormi, rejoignant sur les rives de Lesbos le malheureux Orphée dont la tête coupée chantait encore... Le lecteur l'a sans doute compris, si j'aime tant les voyages en avion, c'est parce qu'on n'est nulle part, même pas sur la planète. On est suspendu dans des nues sans adresse, enveloppé dans un brouhaha uniforme. Le soleil se lève ou se couche quand il veut, le temps derrière les hublots n'est plus celui de nos montres. La Terre tourne plus ou moins rapidement, selon qu'il convient d'ajouter à sa vitesse ou d'en retrancher celle du coursier ailé. Dans ce *no man's sky*, on peut se trouver envahi de pensées singulières, sollicité par des avenirs inconnus ou ramené à des passés fabuleux. Il n'est pas si facile de remonter jusqu'au « rien avant quelque chose » qui préoccupait Leibniz. Comme les physiciens ne peuvent pas expliquer le surgissement du *Big Bang*, ils ont inventé la formule savante d'une « fluctuation du vide » : un truc imperceptible, que rien ne peut expliquer, mais qui déclenche tout. J'adore.

Je me méfie des analogies frauduleuses, mais on ne peut pas non plus refuser toutes les associations de pensées, l'esprit divague à sa guise. Or, il me semble obscurément qu'il se passe en effet quelque chose. Dans mon sommeil, je devine qu'une sollicitation nouvelle a pris possession de mon corps, caresse ma peau comme on frappe à une porte. Je ne cherche pas tout de suite à l'identifier, car il faudrait pour cela m'éveiller. Nous verrons plus tard. Je me rendors.

C'est l'innocente apostrophe d'une hôtesse qui m'amène à ouvrir les yeux : « Tout va bien ? » Son sourire affectueux, ses mots et son ton discrètement ironiques, paraissent vouloir souligner une évidence. Comme ses regards courent au-delà de mon fauteuil, j'entreprends de faire sans bouger le tour de mes sensations, pour comprendre ce qui se joue. Ah ! surtout ne pas bouger en effet : ma voisine repose, la joue sur mon épaule, ce qui pourrait encore s'expliquer par un simple glissement de son buste. Mais il y a plus : elle pris ma main dans la sienne.

La voici la fluctuation imprévue dont parlent les physiciens ! ou peut-être le « désarçonnement » cher à Pascal Quignard ! c'est le titre du livre qui gèle dans ma valise en soute. Je ne suis pas tombé de cheval comme Alexandre, le ciel ne s'est pas ouvert devant l'avion comme au-dessus de saint Paul, mais une autre volonté ou un hasard impersonnel ont fondu sur moi. Je ne savais pas ce que je voulais faire de ma vie, je ne me savais même pas occupé d'une telle interrogation. Je suis parti n'importe où, je rentre de n'importe où. J'émerge du sommeil, je ne suis pas tout à fait certain de mes yeux, de ma peau, de ma raison. Et me voici secoué par une conflagration, un événement réel que je n'ai pas cherché ; une erreur, à coup sûr, qui va bientôt se dissiper dans un sourire penaud et quelques mots d'excuse. Qu'est-ce que je raconte ? qu'à la vérité tous les organismes nouveaux dans l'évolution de la vie ont été le produit d'erreurs, de « fautes de frappe » dans la recopie de l'ADN ? Je délire.

Pour l'instant, l'ange responsable de ce doux cataclysme dort profondément. En abaissant mes pupilles sans tourner la tête, j'arrive à voir ses lèvres pâles d'où s'exhale un souffle imperceptible. Dans son visage de cire, seules les paupières frémissent par intervalles. On dit que, pendant les phases de sommeil paradoxal, le cerveau fige le corps pour lui éviter d'avoir à jouer les scènes des rêves en cours, à l'exception de deux organes autorisés à bouger : les yeux qui font les fous dans les orbites, et le sexe qui chez l'homme se dresse, chez la femme s'humecte. Est-ce qu'il se passe quelque chose entre mes cuisses ? Peut-être bien. Nous rêvons l'un et l'autre : elle, endormie ; moi, éveillé.

Hélas, elle bouge, elle commence à se redresser, le miracle va bientôt s'évaporer. Non, elle me sourit tendrement, sans aucune gêne ; elle replace sa joue sur mon épaule, et elle m'étreint la main de plus belle en murmurant :

« Ça va ?

– Ça va, oui. »

Elle se rendort. Cette fois, j'ai le sexe en feu.

Elle est française. Je me sens déchiré par des désirs contradictoires qui voudraient m'obliger trop vite à des choix. D'une part, celui de la connaître ; quand elle se réveillera, nous échangerons quelques banalités sur nos voyages respectifs, sur nos destinations, sur nos identités ; nous prendrons peut-être rendez-vous, agendas, emplois du temps, non, pas le dimanche, mon mari, pas le mercredi, les enfants, centre aéré, cours de musique… Et d'autre part celui de n'en rien faire, de respecter ce merveilleux mystère dans lequel nous baignons ; de parvenir à nous revoir sans rien révéler de nos parcours, de nos misères intimes. Je n'ai pas envie de savoir qui elle est ; où elle vit ; avec qui ; ce qu'elle fait ; comment elle s'appelle ; de quel passé elle vient. Nous n'avons d'autre destin que celui d'échanger nos chaleurs, nos parfums ; des confidences tout de même, mais de l'autre côté. La vie vient de commencer. Au demeurant, je ne voudrais pas non plus avoir à lui tenir ce laborieux discours. Il faudrait que la chose se fasse ; que nous restions l'un pour l'autre ces gentils inconnus qui se sont pris la main au-dessus de l'Atlantique.

Lorsque au petit matin nous nous redressons, nous nous regardons, nous nous sourions, me vient cette parole qui me paraît la seule possible : « Chut… » Elle est d'accord. Elle opine de la tête. Elle répète mon mantra : « Chut… »

Nous sommes arrivés, nous endossons nos manteaux. Dans la file des passagers qui chemine vers la porte de l'avion, nos mains se retrouvent, et c'est ainsi unis que nous gagnons le tapis à bagages. Quelques larmes brillent dans ses yeux lorsque finalement elle me demande :

« Qu'est-ce qu'on fait ? »

J'ai prévu la question, et j'ai imaginé que la voyageuse pouvait être attendue après le passage devant les douaniers. Il ne nous reste que l'œil d'un point dans le futur. Je lui dis :

« Mardi, à 13 heures, à la brasserie Aurore, devant le Centre Pompidou. »

Elle réfléchit, se hisse sur la pointe des pieds, pose un baiser sur ma joue et corrige :

« Jeudi.

– Jeudi d'accord. »

Elle se sauve. Je la laisse prendre de l'avance. Nous n'avons pas échangé de numéros de téléphone. Si l'un de nous deux ne vient pas, la romance est finie. Est-ce que j'irai ?

Sidonie est rentrée, elle a adoré Kuala Lumpur. Elle n'était pas en Indonésie, mais en Malaisie. Elle part si souvent. Elle a fait de bonnes affaires.

« Et le Chili ? demande-t-elle. Ils ont de l'or là-bas ?

– Je ne sais pas. Je ne voulais que respirer du rien.

– Mon trésor ! »

Elle m'entraîne vers notre chambre. Je lui rappelle ma fascination pour le nom de Valparaiso, je lui avais parlé de l'ancien mousse d'Ouessant. Nous faisons l'amour tendrement, puissamment. Nous recommençons chacun des soirs qui suivent. Bientôt, nous serons jeudi.

Me voici dans la brasserie convenue. Mon avance sur l'horaire que j'avais envisagé comme un premier cadeau m'apparaît soudain comme une marque d'inélégance, à laquelle s'ajoutent déjà quelques frissons de panique. « Elle » n'est pas là, pas encore. Cette absence de nom crée un manque, une sorte de puits autour de mon corps ou bien sous ma peau : on dirait un sexe de femme déjà, j'ai honte de l'écrire. Je choisis une table qui me permette de surveiller les deux entrées de la salle. Je me laisse étourdir par le brouhaha des conversations et le ballet des serveurs.

« Nous serons deux. »

Est-ce que je me souviens de ses traits, de ses cheveux, de sa taille ? Oui, elle entre les sourcils froncés, c'est bien elle. En l'apercevant aussi conforme et juste, aussi parfaite, je mesure que je la connais depuis la nuit des temps. Elle ressemble un peu à Bulle Ogier dans sa jeunesse ; ou à Scarlett Johansson dans son incarnation à l'écran de « la jeune fille à la perle » de Vermeer. Elle porte un manteau imitation léopard assez court, des bas sombres, un foulard bleu clair ; des boucles d'oreille, une pince de nacre ou d'ambre pour retenir la mèche de sa coiffure du côté gauche. En s'asseyant, elle découvre un pull de cashmere léger assorti à l'écharpe. Elle doit faire ses courses rue de Passy, je me croyais à l'abri de ces donzelles du seizième arrondissement.

Enfin, elle sourit, je voudrais poser mes lèvres sur ses dents. Elle me saisit la main et lance :

« Qu'est-ce qu'on peut dire ?

– Bonjour, la toute belle.

– Bonjour. Je suis heureuse.

– Je n'en veux pas davantage.

– Moi non plus.

– J'ai eu peur, vous paraissiez soucieuse.

– J'avais peur.

– Défaites-vous ! Que voulez-vous manger ? »

Nous parlons un peu du Brésil, elle venait de Manaus et avait fait escale à Brasilia avant de rejoindre mon avion à Sao Paulo. Elle ne dit pas si elle travaillait ou si elle se promenait, je n'aurais pas voulu qu'elle le dît. Je lui ressors mon antienne sur Valparaiso, les grands voiliers, les nitrates du Chili, les massacres à venir dans les tranchées de 14-18. Petit à petit le paradoxe de notre situation revient nous caresser les tempes. Je fais le beau en dissertant de nature et de culture. Est-ce que c'est humain seulement, des êtres comme nous, en forme d'homme ou de femme, mais sans histoire, sans vie sociale, sans nom ? Elle avance une main griffue vers mon visage et rugit comme le léopard de son manteau. Je la corrige :

« Non, non, pas des animaux : des dieux. Nous oublions Paris pour nous blottir dans quelque Éden ou l'île d'Avalon.

– Connais pas.

– Je te raconterai. La Fontaine de l'Éternelle Jeunesse, avec des majuscules. »

Nous savons l'un et l'autre que des pièges nous

attendent. Nos mains s'étreignent de plus en plus violemment par-dessus nos serviettes, jusqu'à nous faire mal. Le désir marque nos traits. Soudain, c'est elle qui s'exclame en reposant une tasse de café :

« On y va ? »

Je l'approuve silencieusement, je me lève. On y va, mais nous ignorons où. Nous sortons main dans la main. Le regard d'un immense portrait de Dali sur la façade du musée est un peu gênant, presque obscène. Il a l'air de savoir quelle banalité nous menace et de nous proposer d'en jouir à trois. C'est d'abord pour échapper à cette abjecte familiarité que j'entraîne ma compagne vers l'arrière du bâtiment, en direction du quartier du Marais. Je lâche, avec le sentiment d'être aussi ridicule qu'ignoble :

« Viens, je pense à un hôtel, par là. »

Elle a la gentillesse d'acquiescer en me serrant la main. L'établissement existe, il est coquet, d'une propreté impeccable. Le sourire du réceptionniste est discret et avenant. Mais j'ai les jambes coupées à l'idée qu'il pourrait s'enquérir de mon nom. Est-ce que je vais répondre « Dupont » ou « Zidane » ? S'il insiste pour consulter mon passeport, je le lui fous à la gueule. Il ne demande rien de vive voix, il avance seulement vers moi une fiche et un stylo. C'est Zidane qui gagne, et soudain cette provocation devient une charmante plaisanterie qui enchante jusqu'à l'employé. Il aura quelque chose à raconter. Je vais mieux. Nous montons les marches d'un escalier *modern style*, à la fois vieillot et tout neuf. La chambre est parfaite. Nous voici assis côte à côte sur le lit, aussi pétrifiés l'un que l'autre. Il va nous suffire de nous enlacer pour que cette gêne s'évapore. Mais nous ne nous y résolvons pas. C'est elle qui trouve les mots :

« Nous méritons mieux, dit-elle avec un pauvre sourire et une farouche détermination. Les hôtels, c'est dégoûtant, même quand ils sont nets. Je ne dors pas dans le lit des voisins ; seulement dans le mien ou dans celui de mon amoureux. Je vais m'en aller. Rendez-vous dans trois jours au Jardin du Luxembourg, près du grand bassin rond sur lequel les gamins font voguer leurs trois mâts, en route pour Valparaiso…

– Dans deux jours. Samedi. »

Le dimanche, Sidonie m'a proposé d'aller manger une sole à Trouville. Elle secoue la tête :

« Alors dans quatre jours, lundi.

– Lundi, à quatorze heures. Mais pas devant le Sénat ; à la Fontaine Médicis, là où l'eau est en pente.

– Éternellement en pente ?

– C'est ça. »

Là aussi où les statues sont d'un érotisme torride malgré la fraîcheur de leur pierre. Elle connaît, l'idée lui plaît, elle se sauve. Je vais attendre quelques minutes avant d'oser affronter le regard du réceptionniste. J'ôte mes chaussures, je m'étends, gagné par la satisfaction de n'avoir pas compromis un bonheur futur. Un calme puissant m'engloutit. Je m'endors.

Je ne sais pas si je reverrai jamais celle qui s'est enfuie. Mais je me peins avec délices ce possible destin.

Le fait de ne pas connaître la vie de l'autre se retourne vers chacun de nous. J'imagine le mystère que je représente à ses yeux, et du coup j'éprouve moi-même cette ouverture. Je peux être mille « je » différents. Je suis libéré de mon passé, de ce moi qui m'encombrait, sans me sentir pour autant décapité ; au contraire, la tête chargée d'un bouquet d'avenirs. C'est sans doute ce que doivent ressentir tous ces gens qui choisissent de disparaître sans laisser d'adresse, mais avec une différence : ils se trouvent contraints de se cacher, de mentir à la terre entière. Rien de tel dans le scénario qui m'accueille. Le reste du monde est hors jeu.

La sole des *Vapeurs* était parfaite. Sidonie, peut-être un peu ivre, a insisté pour que nous prenions une chambre sur la plage et que nous ne rentrions à Paris qu'à l'aube du lundi. Le retour a été éprouvant, l'autoroute de l'Ouest était embouteillée comme d'habitude, nous avons écouté dix fois les mêmes informations. François Hollande doit souffrir d'être aussi mal aimé moins d'un an après son élection. Les gens sont durs, ou peut-être la logique est-elle une fée perverse.

La Fontaine Médicis. En quatre jours j'ai eu le temps de consulter internet sur le sujet. Je sais désormais que la belle de marbre est Galatée et que l'amant auquel elle s'abandonne est le pâtre Acis. Si j'étais le maire de Paris ou celui du sixième arrondissement, je ferais alterner en permanence sous ces frondaisons ensorcelantes le duo de Lulli et celui de Haendel. Je préfère Lulli, et c'est pour moi un mystère : comment puis-je être aussi sensible à une musique composée pour un roi que j'abhorre ? Je n'aime ni l'architecture de Versailles, ni le centralisme d'État, ni la révocation de l'Édit de Nantes. Il ne m'est pas difficile, en fermant à demi les yeux, de remplacer la statue par celle que j'attends. Ce prénom de Galatée lui sied, qui signifie pour les linguistes « blanche comme du lait » mais pour moi « cousine des langoustines ». Enfant des côtes atlantiques, je ne pouvais succomber qu'au charme d'une nymphe marine. D'autres auteurs, dont Jean-Jacques Rousseau, en font aussi la statue parfaite modelée puis douée de vie par Pygmalion, son créateur amoureux. (Dans la pièce de Shaw, la jeune fleuriste ne s'appelle pas Galatée, mais Eliza. Oublions.) Le monstre jaloux qui domine ici les deux jeunes gens et les surveille à leur insu, c'est le cyclope Polyphème, celui-là même auxquels Ulysse et ses compagnons échapperont en l'aveuglant et en se cachant sous des moutons. Y a-t-il un Polyphème dans la vie de ma Galatée ? en train de caresser le canon d'un revolver avant d'y introduire la balle qui me déchirera le cœur ? Tout de même pas ce bonhomme hirsute sur ma droite, affalé dans un des fauteuils de métal, un clochard si j'en juge par le monceau de sacs déposé à ses pieds, qui mêle ses ronflements aux gazouillis des oiseaux ? Il ferait un bien piètre espion.

Pour l'instant, c'est moi qu'on aveugle. Deux mains se sont posées sur mes yeux, je reconnais leur odeur. Je dépose un baiser sur chacune d'entre elles. Elle s'assoit, rieuse, les joues rosies de pudeur ou d'émotion ;

« belle comme le jour » suggère une image adéquate, nous sommes à l'aube du monde. Elle s'amuse du nom que je lui ai choisi. Nous avons décidé d'oublier le triste épisode de l'hôtel. C'était une erreur d'adolescents empressés, indigne du formidable pari que nous avons engagé. Le danger de notre liaison sans adresse, le risque de nous perdre, nous tiendront lieu d'hormones. Le sexe, nous verrons cela plus tard, quand l'occasion nous en sera donnée sans que nous l'ayons cherchée, quand le hasard frappera plus fort encore que dans un avion entre Sao Paulo et Paris. C'est surtout moi qui parle, mais son silence souligné par un léger tremblement des lèvres, les pressions de la main qui lui échappent, montrent que mon délire la touche.

Nous avons résisté au désir de savoir et à celui de connaître nos corps nus. Pendant plusieurs mois nous nous sommes retrouvés dans un grand nombre de cafés, de restaurants, de musées, de théâtres, de cinémas. De son côté, Sidonie voyageait de plus en plus, elle ne me laissait pas voir si elle avait une autre vie que la nôtre, et elle ne s'inquiétait pas de la mienne. Au plaisir de renouer avec ma mystérieuse dont j'étais toujours plus amoureux, s'ajoutait celui de redécouvrir Paris, de voir cette ville que je croyais connaître avec des yeux de nouveau visiteur. Cette impression bizarre ne tenait pas seulement aux lieux mais bien aussi à mes regards. J'avais le sentiment d'être un autre, sans être pour autant capable d'identifier ce frère ou cet ennemi proche. J'étais mille possibles tant que Galatée était pendue à mon bras. J'avais toujours été fasciné par le destin des créateurs émigrés dans des pays de cultures différentes : par celui de Vladimir Nabokov écrivant ses premières nouvelles en russe, surveillant leur traduction en anglais, puis la traduction de ces traductions dans de multiples autres langues ; avant d'adopter lui-même la culture de son nouveau pays. Comment percevait-il la constance de son être dans cette tourmente ? J'avais de mon côté la sensation d'arpenter un pays légendaire bordé par une lande brumeuse dans laquelle erraient une infinité de fantômes qui m'étaient peut-être apparentés. Je me souviens d'avoir ri un matin en me réveillant d'un cauchemar dans lequel je m'étais vu comme une âme en attente d'incarnation : un comble pour l'athée que j'étais ! qui, précisément, ne croyait pas à de tels ectoplasmes mais faisait de l'apparition de la conscience une merveille de l'Évolution.

Pour ma plus grande excitation, notre rituel donnait aussi un caractère littéraire à notre condition. Nos personnages étaient impersonnels tant grammaticalement que psychologiquement. Notre chronique ne donnait pas les noms des héros : le texte disait « il » ou « elle », « je », « nous ». C'était un roman pronominal, qui contribuait à aggraver ma manie du conditionnel. J'avais toujours été un rêveur prompt à imaginer d'autres occurrences qui, substituées aux situations réelles, « auraient changé » le présent de ma vie et même celui du monde. *« Quoi d'autre ? »* était un titre que je me promettais d'utiliser si je parvenais à mener l'un de mes manuscrits à terme. Mais je n'étais peut-être qu'un écrivain virtuel que la peur de céder à une forme de vulgarité retiendrait toujours de confier à des pages les graffiti de ses vies secrètes. Il me semblait que toute forme de publication comportait une dose d'indécence qui muait les talents les plus authentiques en habiletés de prestidigitateurs. Ma tête était une écloserie de films jamais produits. Lorsqu'il m'arrivait de reconnaître dans un scénario une séquence que j'avais moi-même imaginée, un trouble me gagnait, d'autant plus violent qu'il était à peu près incommunicable : qui me croirait ? Galatée s'amusait beaucoup de m'entendre commencer une confidence par les mots mille fois réitérés : « Imagine que... » Elle ne m'interrompait pas moins souvent en me disant : « Mais non, mon chéri, nous sommes ici ; c'est bien nous... »

Au cinéma, où nous allions souvent dissimuler dans l'obscurité notre couple improbable, cette disposition me valait presque systématiquement de m'endormir pendant quelques minutes, non pas à la fin mais au début de la projection. Mon absence ne durait pas longtemps, si la brève torpeur qui me terrassait était irrépressible. Sans que la raison m'en apparût avant ces effondrements, j'avais fini par penser que ce « passage au noir » m'était nécessaire avant de prendre pied dans le nouveau réel du film. Je mettais physiquement en pratique la remarque de Buñuel notant l'analogie entre la fermeture des paupières et l'extinction des lumières, entre le début d'un rêve et l'éclairage de l'écran. Depuis le début de ma liaison avec

Galatée, ce rapprochement avait pris une couleur sacrée. L'obscurité tombant sur nous alors que nous nous tenions la main ressuscitait le miracle de notre première rencontre. La salle de cinéma devenait la carlingue d'un avion brésilien, très haut, très loin.

Pour autant, nous étions l'un et l'autre travaillés par le désir de faire évoluer notre situation. Nous sentions qu'il le fallait pour sauver notre pari. Je radotais de plus en plus gravement en m'abandonnant à des comparaisons douteuses : tout organisme avait besoin de changer pour durer, oui je l'avais déjà dit. Nous n'avions encore jamais fait l'amour. Cette bizarrerie nous valait certes de cultiver une originalité quelque peu fabuleuse, qu'il nous coûterait d'abandonner. Nous en étions encore aux premières heures de l'Éden. Mais, bien sûr, nous voulions « nous connaître » avant de nous découvrir trop de rides.

La solution vient de Galatée. Un jour, elle me convoque une fois de plus devant les statues des amants et du cyclope en me laissant prévoir une nouveauté capitale. Et elle me tient ce discours de roman à suspense :

« Voici. Je vis seule. Ne crains rien, je ne te dis ni pourquoi ni depuis quand. Tu peux venir chez moi, je ne laisserai pas traîner d'enveloppes portant mon adresse.

– Mais ta rue, ton numéro, la station de métro ? je ne veux pas les connaître !

– J'ai tout prévu, fait-elle en défaisant le foulard que je connais déjà, je vais te bander les yeux ! Je suis venue en voiture. Je t'emmène. Tu ne verras rien. Tu n'auras d'autre information que le temps de transport.

– Tu tourneras en rond pour l'augmenter sans me le dire ?

– Promis. Ou peut-être non. Tu ne sauras pas. Nous continuerons à nous donner rendez-vous dans des endroits divers, et de là j'emmènerai mon aveugle chez nous. Je vais t'acheter des lunettes absolument noires, avec œillères, extérieurement semblables à celles qu'utilisent les alpinistes pour ne pas se laisser blesser par la lumière des glaciers.

– Et une canne blanche ?

– Bien sûr !...

– Tu m'appelleras Orphée.

– Il était aveugle, Orphée ?

– Aveugle derrière tout au moins, il ne pouvait se retourner vers sa douce avant qu'elle ne fût sortie des Enfers.

– Bien vu ! si j'ose dire. Si je ne m'appelle pas Eurydice, je viens peut-être de l'enfer !

– Chut !...

– Ça t'empêchera de tricher, d'enlever tes lunettes, sous peine de me voir disparaître !

– Je t'aime, ma langoustine ! »

Elle est garée rue Auguste Comte, devant le lycée Montaigne où j'ai effectué une partie de mes études secondaires. Mais elle n'a pas droit à cette confidence. L'odeur de son foulard, le contact de la soie sur mes paupières, m'excitent et me calment à la fois. Je me laisse glisser sur le siège jusqu'à appuyer ma nuque au dossier. Je perds effectivement la mesure du temps. Je ne saurai pas si nous avons quitté Paris pour quelque quartier de banlieue. Cette nuit diurne, ce passage obscur en plein jour m'apparaissent comme le seuil d'un pays magique. Quand j'ouvrirai les yeux, nous serons à *Oz* ou à *Brigadoon* ; à *Narnia* pour rester de ce temps. Mille récits de science-fiction commencent ainsi : on entre dans un tunnel ou dans une armoire, et de l'autre côté c'est un monde de fées. Loin de céder à quelque panique, il me semble que les éléments disparates qui ont changé ma vie et qui la bouleversent encore sont en train de trouver leur place dans un nouvel équilibre. C'est un sentiment apaisant. Le ronronnement du moteur de la voiture me rappelle celui des réacteurs de l'avion, quand la future Galatée m'a pris la main. J'identifie le bruit d'une ouverture de grille, puis de celle d'une porte de garage. Bien joué ! je ne verrai pas la rue ! Je ne connaîtrai que l'espace intérieur où elle vit. Foin de l'extérieur ! au diable, les autres ! Elle se penche vers moi, je sens la chaleur de son souffle avant de recevoir le contact de ses lèvres. Elle m'embrasse et me prévient que nous allons devoir monter deux étages. Elle me tiendra le bras. Nos voix résonnent, laissant deviner une cage d'escalier importante, mais je ne peux pour autant apprécier si nous sommes dans un immeuble collectif ou dans une maison particulière.

Bruit de clés. Les odeurs et les bruits changent tandis que nous pénétrons chez elle. Elle m'ôte le bandeau. Enivré par la lumière trop vive, je vacille. Je me touche la lèvre supérieure. Une association me trouble, dont je ne sais que faire. Je trouve que ce duplex ressemble à celui de Vincent Lindon et d'Emmanuelle Devos dans le film *La Moustache* d'Emmanuel Carrère. Mêmes proportions, mêmes couleurs. Est-ce que je vais devoir me raser ou attendre mon aimée dans un village chinois ? Nous sommes tous envahis par nos expériences passées, par les rencontres que nous avons faites, par les livres que nous avons lus, par les films que nous avons vus. Est-ce que les portes que nous avons closes sur nos identités nous condamnent à subir un grouillement délétère ? Je ne veux pas devenir fou, c'est trop tôt. Galatée m'entraîne vers sa chambre, et nous plongeons enfin dans un chaud maelström. Nous nous redécouvrons par la peau. Pourquoi donc avons-nous tant attendu ? Chut ! Les merveilles aussi méritent de rester tues. Fondu au noir.

Un matin, au cœur d'un abandon partagé, nus dans des draps où notre odeur commune s'est inventée.

« Pourquoi es-tu venue t'asseoir près de moi dans l'avion ?

— Je me le suis moi-même demandé ! Mes voisins n'avaient rien d'affreux, mais en te voyant debout j'ai senti que je serais mieux à tes côtés. Mes bras, mes jambes, mes seins, l'ont senti.

— Ta tête ?

— Elle n'était que spectatrice. Tu étais déjà en moi, plus profond que ma conscience. Le caprice de ce déplacement m'a valu un amusement intérieur qui m'a calmée, sans que je cherche à me l'expliquer. J'étais un peu déprimée, je roulais des pensées obscures. Peut-être ai-je pensé, en jaillissant de mon siège pour venir jusqu'à toi, que, si j'étais capable de telles petites folies sans nécessité, j'étais encore jeune.

– Une fluctuation…

– C'est-à-dire ?

– Un caprice du hasard, un cadeau quand il est heureux. La source de toute vie. Je t'expliquerai.

– Tu es prof de philo ou de biologie ?

– Prof, sûrement pas, un peu chercheur seulement, comme tout le monde.

– Je t'aime. Et toi qu'as-tu pensé ?

– Que j'étais le cobaye d'une expérience des dieux.

– Tu vois !

– Je traîne depuis mon enfance le thème d'une nouvelle dont je n'ai jamais écrit que le titre : *L'Expérience*, avec un grand *E*.

– Raconte.

– Je me punis peut-être de ma paresse en rêvant que je la vis.

– Raconte !

– C'est un peu sinistre. Les coïncidences, ça fait peur.

– Raconte !

– C'est l'histoire d'une fille sympathique, étudiante en droit au Quartier Latin, qui paraît devenir folle. Elle mène une vie tranquille et normale, occupe une chambre que lui loue une vieille dame charmante dans un immeuble doté d'une loge de concierge. Elle a un petit ami que sa propriétaire la laisse accueillir certaines nuits. Mais elle entend des voix, une sorte de brouhaha qui se précise peu à peu. On dirait un échange entre infirmiers et chirurgiens dans une salle d'opérations. Bientôt ses gestes commencent à lui échapper : des mouvements brusques du bras, des épaules, des jambes. "Attention ! laisse échapper une voix, elle devient consciente."

— Pourquoi as-tu parlé de coïncidences tout à l'heure ?

— Parce qu'on ne sait pas si l'infortunée prend pour des signes des circonstances fortuites, de simples bruits, une démangeaison de son bras. Elle refuse d'accompagner en province son amoureux qui voulait la présenter à sa famille. Elle a décidé de faire elle-même un saut chez ses propres parents, dans un autre coin de France, "pour vérifier, dit-elle, que le décor et les acteurs de son enfance existent bien". Hélas, les événements se précipitent. En traversant le hall pour sortir dans la rue, elle constate au passage qu'"on a interverti la propriétaire et la concierge" ; une erreur de casting : tous complices !

— Elle est folle, vraiment !

— Elle ne s'étonne pas de rencontrer immédiatement sur le trottoir son ami qui est supposé parti à l'autre bout du pays. Non, il va au Parc des Princes, il a des billets pour le match, il lui propose de l'emmener.

— Encore le foot ?

— J'avais besoin d'une foule, pour faire

comprendre qu'il ne s'agissait pas d'une crise individuelle mais bien d'un phénomène universel, comme le *Big Bang* ou l'explosion d'une *supernova*.

– Fichtre !

– Au départ, j'avais rêvé cette histoire sous la forme d'un court-métrage, mais la même nécessité jouait pour une nouvelle écrite. Je voulais des images, sur l'écran ou dans la tête du lecteur. Bientôt, les joueurs, les arbitres, le stade lui-même, les spectateurs, l'amant, se dissolvent comme sous l'action d'un acide radical. Ne reste que l'héroïne peut-être couchée sur une table de dissection ; le cobaye d'une expérience unique, menacée de dérèglement, à laquelle des maîtres inconnaissables ont décidé de mettre un terme.

– Il existe un film qui conte une histoire de ce genre ?

– Presque ! *The Truman Show* présente une entreprise dont il n'est pas totalement impossible d'imaginer la mise en œuvre sur cette planète livrée aux agences de publicité. Le monde existe derrière les feuilles du décor. Tous les acteurs sont vivants. En revanche *L'Expérience* décline une fable que personne ne serait en mesure de confirmer puisque l'univers entier n'est plus qu'une fiction. Qui raconte cette histoire ? Il est étonnant de penser qu'on puisse inventer des récits qui mette en doute jusqu'au réel lui-même ; donc jusqu'à l'auteur et au lecteur aussi bien, qui s'évaporent en même temps que les figurants…

– J'ai dû déjà faire un cauchemar de ce genre.

— Chacun le fait, et Descartes l'a dit : « je pense, donc je suis ; je pense que je suis ». Mais quel rapport entre cette certitude intérieure et le monde extérieur ? Et si ce spectacle alentour n'avait été produit que pour me tromper *moi* ? moi seul ? Descartes se l'est aussi demandé.

— J'espère que tu ne vas pas te mettre à fondre entre mes bras.

— Ça, c'est déjà fait.

Étions-nous devenus des amants plus classiques en disposant d'un havre et en faisant l'amour ? Nos identités nous étaient toujours inconnues. Je ne savais pas si elle avait une activité professionnelle, elle ne savait rien de la mienne ou elle persistait à se comporter *comme si*. Mais nos échanges s'étaient dangereusement enrichis. Je me retenais mal, quelquefois, de lui raconter des pans de ma jeunesse. Nous lisions, ou plutôt je lisais, un peu tout ce que les philosophes les plus divers avaient écrit sur la définition de l'homme. En fondant l'essentiel de nos rapports, de notre connaissance respective, sur nos baisers, sur nos enlacements, sur l'interpénétration de nos corps, est-ce que nous nous comportions comme des animaux privés de culture ? Je me rassurais en me disant qu'Adam et Ève ne s'étaient pas non plus beaucoup parlé avant de faire l'amour et d'engendrer le monde humain. Leur évocation dans la Bible ne commence pas par une conversation entre eux mais par une méditation solitaire d'Adam : *« Celle-ci est l'os de mes os et la chair de ma chair.* » Rien de trop intellectuel ! le corps avant l'esprit, la peau avant les mots.

Pour autant, la Bible n'évoque pas non plus la jouissance des deux premiers amants. Il faut passer l'épisode du Serpent pour qu'enfin le récit nous apprenne que « *l'homme connut Ève sa femme* ». Encore s'agit-il d'annoncer la naissance de Caïn. Pas un mot sur le plaisir avant la prescription des punitions, la douleur de l'enfantement, la pénibilité du travail. Un stupéfiant paradoxe, quand on y songe, que ce voile jeté par presque toutes les grandes religions sur la source de toute naissance, sur le rituel qui se répète chaque nuit dans des milliards de lits. Comment refuser davantage la merveille de la vie ? En aimant et en respectant Galatée sans vouloir m'approprier sa personne, il me semblait un peu corriger les rigueurs de la Bible. Pourtant, si le mystère érotique dans lequel baignaient nos jours me comblait et en quelque sorte exauçait le philosophe privé que j'étais, il n'était pas non plus sans me valoir quelques cauchemars dont je ne savais trop que faire. Cantonné à notre couple, le refus de distiller nos trajectoires passées était plaisant. Nous étions les amants d'un éternel présent. Mais transposé au plan collectif, multiplié jusqu'à concerner des foules, un tel mépris de l'héritage, de l'histoire culturelle, avait toujours débouché sur des massacres de masse : en France en 1793, à Pékin en 1970, à Phnom Penh un peu plus tard, en Afghanistan et en Irak, on avait commencé par casser des statues mais on en était vite venu à briser des nuques et à trancher des têtes. Heureusement, au matin, après ces sombres associations, les baisers de Galatée étaient toujours aussi doux.

Nous sommes parvenus à voyager de nouveau ensemble plus loin que le périphérique parisien, en général sur sa suggestion. Les lunettes noires n'étaient nécessaires qu'à Paris, à la fin de nos sorties, pour me retenir de situer son appartement. Mais dans les rues de la Capitale je craignais toujours de rencontrer des connaissances et de devoir bredouiller quelque mensonge pour présenter celle qui venait de me lâcher le bras : « *(Inaudible)*, une amie. » En revanche, en province ou à l'étranger, une puissante sensation de liberté nous rajeunissait et multipliait nos capacités amoureuses. Nous pouvions nous promener sans contrainte, encore que, à la vérité, nous passions beaucoup de temps au lit. Il nous arrivait de bavarder au bord d'une piscine ou devant un coucher de soleil avec d'autres clients d'un hôtel. Ce n'était jamais tout à fait sans danger. Un jour, un couple avec lequel nous avions accepté de boire un verre se mit à nous poser les questions que nous évitions entre nous, sans pouvoir deviner la gêne qu'elles nous valaient. « Et que faites-vous ? » demanda la femme à Galatée dont l'aisance l'avait conquise et la beauté séduite : « nègre », trouva celle-ci sur le champ en éclatant de rire, « ou plutôt négresse », pour des écrivains dont, bien sûr, elle ne pouvait révéler le nom. Génial ! Hélas, ce fut alors mon tour. Je dus simuler un embarras de la gorge pour dissimuler mon trouble et me donner les quelques secondes nécessaires à l'examen de plusieurs dizaines de solutions. Avocat, non. Directeur d'usine, sûrement pas. Commerçant encore moins. Je devais éviter toute profession qui pourrait entraîner une question sur le lieu de mes activités. J'étais sur le point de me vendre comme fonctionnaire lié par un serment de confidentialité lorsque je m'entendis répondre : « psychanalyste ». Horreur ! nos interlocuteurs avaient précisément un ami qui en cherchait un. Les dieux eurent pitié de moi et me soufflèrent un argument sans réplique : je ne prenais pas de nouveau client, j'étais complet pour plusieurs années. Le soir dans notre chambre, encore ébranlé autant qu'amusé par ce périlleux incident, je pris Galatée dans mes bras, j'enfouis ma tête entre ses seins, et je murmurai : « je suis complet pour toujours ».

Nous achetions nos billets de train ou d'avion séparément pour ne pas avoir à consulter des documents où nos noms figureraient côte à côte. À l'arrivée, nous prenions soin de laisser un groupe se glisser entre nous dans la file des contrôles de police. Comme elle m'avait dit que lors de notre première rencontre elle venait de Manaus, elle céda à ma demande d'y retourner avec moi. Elle paraissait bien connaître en effet, mieux qu'une simple touriste, cette ville mythique à laquelle s'attachent les noms de Caruso et de Sarah Bernhardt, de Klaus Kinski et de Werner Herzog ; mais nos accords lui interdisaient de me dire ce qu'elle était venue y faire une première fois. Ce mystère contenu redoubla notre désir. Ivres de sensations et d'ignorances enflammées, nous ne savions plus ce qu'il fallait préférer : les accords de Verdi, de Wagner, ou bien les cris des animaux dans la nuit sur la rive de l'Amazone.

Ma proposition la plus originale pour contre-balancer ces folies exotiques consista à l'emmener en Bretagne, dans les villages où s'était déroulée mon enfance. Je n'y connaissais plus personne, je ne risquais guère de m'y faire interpeller par mon nom. Est-ce que ce faisant je cherchais à vérifier la réalité de mon propre passé ? de ma propre existence ? Peut-être bien. Elle eut droit aux alignements de Carnac ; au mirage d'Ouessant depuis l'abbaye Saint-Mathieu ; aux splendeurs sauvages du pays des Abers ; au chaos rocheux de Huelgoat et à Victor Segalen exsangue près d'un exemplaire de Hamlet ; aux plateaux de fruits de mer, aux saveurs mêlées du *kig-ha-farz*, à la douceur roborative du *kouign-aman*. Je commentais peu toutes ces merveilles, je ne lui disais pas si ces paysages ou ces saveurs avaient bien leur place dans ma mémoire d'homme. En les proposant « bruts de mots », j'avais paradoxalement l'impression de les réinventer, de souligner leur originalité, d'alourdir leur poids de réalité. À la pointe du Raz nous tombâmes sur un ancien pêcheur devenu guide qui avait développé un talent de clown et de meneur d'hommes sans égal. En leur assurant qu'ils verraient l'Amérique ou tout au moins « quelque chose du genre », il parvenait à faire tourner le dos à une foule de touristes au sommet de la falaise et à les inciter à regarder l'océan, cassés en deux, entre leurs jambes écartées. Le vent retroussait les jupes.

Le spectacle était extraordinaire, digne d'une comédie musicale sur une scène de Broadway. Galatée, heureuse, riait à gorge déployée.

Quand notre ami le hasard – notre maître, notre dieu – nous offrait de tels spectacles, le scrupule qui nous poussait à ne prendre aucune photo me déchirait de regrets. J'aurais adoré garder au moins des images de ces moments arrachés à nos vies muettes. Mais nous nous étions promis de pousser jusque là le mystère. Et c'était une condition à laquelle ma compagne paraissait tenir plus que moi.

Avant de prendre le chemin du retour, je ne pus résister au désir de pousser ma provocation plus loin. Il était excitant de jouer avec le feu. Je lui fis traverser un village moins attrayant, sans lui dire que c'était celui où j'étais né. Elle aurait pu revenir consulter le registre des naissances aux années compatibles avec mon âge probable ! Devant un hangar délabré je lui expliquai simplement que ce temple était celui où s'étaient déchainées mes premières émotions d'adolescent et où était éclos mon amour du cinéma, jamais éteint depuis. À l'époque, les prêtres ivres de leur pouvoir régnaient en maîtres sur la jeunesse. Ils proscrivaient les bals mais, comme il leur était tout de même impossible d'interdire tous les plaisirs sans se couper de leurs sujets, ils avaient eu l'idée d'organiser des séances de cinéma. Le projecteur était dans la salle, il fallait interrompre le film pour changer de bobine. Le public se répartissait sur des chaises qui avaient l'intérêt de pouvoir être déplacées…

c'est-à-dire rapprochées ! Le catalogue des patronages catholiques n'était pas très fourni à l'époque et comportait des œuvres considérées comme osées, tant par les organisateurs que par les spectateurs, telles que *African Queen* ou *La comtesse aux pieds nus*. Les jeunes gens au nombre desquels j'étais remplaçaient donc le plaisir de tournoyer en pleine lumière au son de quelque tango par celui de se caresser mutuellement les cuisses dans l'ombre tout en regardant celles d'Ava Gardner ou de Katharine Hepburn… En regagnant Paris me vint la question de savoir ce que j'avais transmis à ma compagne pendant ce voyage : aucune appartenance généalogique, aucune identité officielle, mais quelques impressions non répertoriées, quelques rires et quelques pleurs, quelques scènes, qui avaient néanmoins contribué à forger celui qu'elle aimait.

Est-ce qu'à son tour Galatée me plongerait un jour dans son propre passé ? Je n'imaginais rien du monde, de la croisière qu'elle pourrait me proposer. Mais j'avais deviné son projet. Vint un départ mystérieux où elle refusa d'abord de mentionner notre destination. Je verrais bien. Nous n'avions pas besoin de visa, ce n'était là qu'une mince précision. Elle paraissait soucieuse ou plus exactement désarçonnée. Ce ne fut qu'à l'aéroport qu'elle me guida jusqu'au comptoir d'Air France en me disant :

« Tu prends un billet pour Cracovie. Le vol de 17h15. Il devrait rester des places. Sinon, je t'attendrai. »

Le lendemain, après une première nuit d'amour

polonaise, un bus nous emmena dans un quartier désolé d'échoppes et d'usines qu'il était difficile d'estimer fermées ou encore utilisées. Et, devant un rideau de métal, elle me dit en me prenant la main :

« Voilà, c'était là. Schindler. L'atelier de Schindler.

– L'homme de *La liste* ? »

Elle opina de la tête. Pour l'innocent que j'étais, il s'agissait d'une référence cinématographique. Je visitais un décor comme j'aurais pu le faire à Hollywood. Mais ma compagne avait les yeux envahis de larmes. Elle me dit simplement en souriant faiblement :

« C'est tout pour aujourd'hui. On ne dit rien. On parlera demain. Nous retournons en ville, j'ai un cadeau pour toi.

– À Cracovie ? »

Sur la célèbre place, un marché de Noël bruissait d'airs de fanfare et d'odeurs de vin chaud. Il commençait à faire nuit à trois heures de l'après-midi car l'entrée de la Pologne dans l'Union Européenne lui avait valu d'adopter la même heure que les rivages atlantiques bien plus occidentaux. À l'entrée d'une ruelle, un guide expliquait à un groupe de touristes que le futur Jean-Paul II avait été formé dans une université voisine où les cours étaient toujours dispensés en latin. Il s'en passait des choses sur cette planète ! Le temps, souvent représenté par une flèche, paraissait ici adopter une forme moins rectiligne.

La surprise promise par Galatée était un petit tableau de Léonard de Vinci, accroché entre deux étages dans l'escalier d'un improbable musée local : *La Dame à l'hermine*. Une jeune fille qui ressemblait davantage à mon guide et au modèle de Vermeer qu'à la Mona Lisa de l'Italien. Je promis d'en parler au fantôme de la Duchesse Anne, de lui suggérer de plaider pour un transfert de l'œuvre au château de Nantes.

Le lendemain, nous prîmes un car pour Auschwitz et Birkenau. Pendant l'heure que durerait le transfert un film documentaire nous serait proposé sur la vie dans les camps, autant dire sur la mort. Lorsque la projection commença, il s'avéra qu'il s'agissait d'une version anglaise. Une famille berlinoise demanda s'il était possible de la lui proposer dans sa langue. Le refus des organisateurs fut cinglant. Ainsi des enfants allemands purent-ils mesurer le poids de la malédiction pesant sur leurs innocentes épaules. Ils étaient priés de comprendre qu'ils étaient nés d'une nation d'assassins. C'était terrible. Les humains n'étaient pas qu'une collection d'individus. Il y avait en chacun un bagage d'histoire que transmettaient notamment les langues, inventions et héritages collectifs. Or, le langage était une condition de l'homme : pas d'*homo sapiens* sans des mots, sans syntaxe régissant la pensée, sans un corpus d'œuvres et de pensées déjà édictées. Ah, c'était compliqué, la liberté !

Galatée avait posé la tête sur mon épaule et pris ma main, comme dans l'avion, lors de notre première nuit. Mais j'en savais un peu plus. J'étais à peu près certainement l'amant d'une femme juive, et ses larmes me laissaient penser que sa famille avait souffert des horreurs de la *Shoah*. Elle avait un jour parlé d'un « enfer » auquel elle avait échappé. Je m'étais peut-être trompé en imaginant qu'elle faisait allusion à un chagrin d'amour ? Elle était trop jeune pour avoir été elle-même menacée par les rafles de l'Occupation. Pendant toute la durée de notre visite, notre silence commun atteint une intensité qui nous garrotta dans une camisole oppressante. On nous montrait des chaussures, des lunettes, des cheveux, et je ne savais pas si ma compagne y voyait ceux de ses grands-parents martyrisés.

« Appelle-moi E*sther* si tu veux, me dit-elle le soir à l'hôtel avant de s'endormir : c'est un nom étrange qui veut dire "je me cacherai" ; après l'épisode qui met en scène cette fille, il n'y a plus de prophètes dans la Bible, et Dieu cesse de parler aux hommes.

– Non, non : *Galatée*. »

Nous sommes rentrés à Paris, lourds d'une éternité non dite, pesante, majestueuse. Nous ne pouvions savoir que pendant notre absence, au-delà de notre cécité chérie, l'extérieur nous avait préparé une représentation digne de Labiche ou d'un roman de gare. J'ai reçu un appel d'une officine bizarre, spécialisée dans « le renseignement public ou privé », dont le directeur voulait me voir sur le champ. Si je ne venais pas, il devrait procéder par mandement d'huissier. Avais-je commis quelque faute dans une de mes déclarations d'impôts ? J'ai voulu demander à Sidonie si elle avait une idée des raisons de cette interpellation. Je la savais à Paris, mais elle n'était joignable sur aucun de ses téléphones. Quelle ne fut pas ma surprise de découvrir étalées sur le bureau du détective des photos de Galatée dans mes bras, prises pendant nos diverses rencontres, y compris sur la promenade de Manaus et sur la dune du Raz : ces clichés mêmes auxquels j'avais tant regretté de devoir renoncer, un autre les avait volés et collectionnés ! Le bonhomme nous suivait depuis plusieurs mois à la demande… de Sidonie qui l'avait engagé, assurément à prix d'or, c'était sa spécialité. La situation était cocasse. Je voulais bien divorcer en garantissant à mon épouse tous les avantages qu'elle pouvait désirer. Mais je priais instamment l'enquêteur de ne pas me révéler l'identité de ma nouvelle bien-aimée, laquelle, bien sûr, n'avait pas de secret pour lui. J'ai essayé de lui expliquer que mon ignorance était volontaire, qu'elle résultait d'un pari poétique ou d'un « quizz ontologique ». Mais je ne l'ai guère convaincu. Le type n'avait jamais vu ça. Il m'a pris pour un pervers particulièrement tordu.

En sortant de son bureau, j'ai enregistré pour Sidonie le message suivant : « Je suis d'accord sur tout. Si tu as souffert, je te demande pardon. J'espère que nous resterons amis. »

Puis, j'ai préparé un billet pour Galatée que je devais retrouver deux jours plus tard à la brasserie Aurore, et j'ai prié le gérant de bien vouloir le lui remettre. « Vous savez, une jeune femme blonde, assez souvent en manteau léopard, nous sommes venus plusieurs fois. » Oui, il voyait qui, il avait remarqué son rire.

« Ma chérie, la société a décidé que nous devions nous marier. J'ai d'abord pensé venir te rejoindre comme convenu ; tu m'emmènerais chez toi, chez nous, sans lunettes noires ; tu me dirais ton nom ; je te donnerais le mien. Mais j'ai changé d'avis. Je t'attends dès maintenant à l'aéroport de Roissy. Nous choisirons une destination lointaine, et nous ferons un dernier voyage en amoureux inconnus, anonymes, sans histoires. Au retour si nous revenons, ou, mieux encore, à l'autre bout du monde, nous ferons un enfant auquel nous raconterons tout. Sa vie nous écrira un avenir. »

*

*   *

Quoi d'autre ? C'est l'histoire d'un homme entre deux âges – le narrateur – qui s'est offert un voyage solitaire au Chili et au Brésil pendant une absence de sa femme. Il voulait savoir à quoi ressemblait Valparaiso, ce port mythique dont le nom avait enchanté sa jeunesse. Dans l'avion du retour, une passagère inconnue change de place pour venir s'asseoir à ses côtés. Ils s'endorment sans s'être adressé la parole. Quand il se réveille, la belle voisine a posé la tête sur son épaule et lui a pris la main. À l'aéroport, ils se séparent sans échanger noms ni adresses, mais en se donnant rendez-vous quelques jours plus tard dans une brasserie parisienne. Ainsi commence une liaison très tendre entre deux représentants de l'espèce *homo* qui vivent comme une aventure excitante et une expérience ontologique ce voile maintenu sur leurs identités. Ils s'aiment et se connaissent sans savoir qui ils sont. Ils font ensemble plusieurs autres voyages en s'attachant à ne pas se découvrir l'un à l'autre. À Paris ils se retrouvent dans un appartement sans adresse où la nymphe inconnue entraîne son amant après lui avoir bandé les yeux.

Adagio. Une basse continue, la note tenue de *L'Or du Rhin*, soutenue par quelques battements de Phil Glass. Des nains qui s'esclaffent, des récits inconnus qui rôdent…

Pour voir s'ouvrir un autre temps, il faut revenir à notre deuxième rendez-vous, devant la Fontaine Médicis. Nous n'avons encore traversé que le paradis de l'avion, le purgatoire de la brasserie et l'enfer du premier hôtel. Nous sommes amoureux, tout neufs et très inquiets. Elle arrive, le visage marbré par des traces d'angoisse. Elle me dépose rapidement un baiser sur les cheveux et s'assied sur le fauteuil de métal que je lui ai préparé. Je lui offre une première diversion en lui apprenant que désormais elle portera le nom de la nymphe marine, de surcroît « belle comme du lait ». Puis, elle prend le temps de rire des ronflements d'un clochard prostré à quelques mètres auprès d'un amoncellement de paquets qui doivent faire tout son bien. Elle ne sait toujours pas comment entamer l'échange qu'elle a pourtant préparé, et ses premiers mots sont pour se moquer du pseudonyme que j'ai donné au réceptionniste.

« Tu étais bon au foot ?

— Vilaine ! tu pourrais au moins employer le présent ! Tous les dimanches, je maintiens la forme en m'entraînant avec la réserve du PSG. Voilà pourquoi je ne pouvais pas venir hier.

— C'était moi qui n'étais pas libre.

— À la vérité, j'étais malade. Je suis malade. Je suis contaminé…

— Mais tu ne sais pas pourquoi.

— Parce que c'est toi. Aucune autre raison. C'est comme ça.

— Tu ne sais pas qui je suis. »

Elle a retrouvé la position qu'elle avait prise dans l'avion, à l'origine du monde ; la tête sur mon épaule, une main sur la mienne. Je lui caresse la joue :

« Tu as quelque chose à me dire.

— J'ai la fièvre moi aussi. Mon psychiatre a diagnostiqué une forme grave d'obsession. Je ne pense qu'à ça depuis notre rencontre, et cet hôtel a failli me pousser à choisir la disparition. J'ai cherché une solution moins cruelle, et j'ai trouvé. »

Elle sort de son sac deux téléphones portables identiques, noirs avec des points colorés qui leur donnent une allure d'imitations pour enfants. Et elle décide :

« Je ne veux plus courir le risque de te manquer si l'un de nous deux a été retardé, ou si tu as décidé de me fuir…

– Folle !

– J'étais écrasée d'angoisse l'autre jour en pénétrant dans la brasserie. Je me serais évanouie si je ne t'avais pas aperçu dans la seconde.

– Tu n'as pas tardé à sourire.

– Je simulais ! Je suis peut-être comédienne ?

– Chut !…

– Si je le dis, c'est que je ne le suis pas !

– Alors menteuse ! je préfère ça. »

Nous rions tous les deux. Elle me place l'un des téléphones dans la main et poursuit :

« Chacun d'entre eux ne fonctionne que s'il appelle l'autre ou bien s'il est demandé par lui. Et encore les numéros ne s'affichent-ils pas. Interdit de les utiliser à d'autres fins, et de toute façon impossible. Essaie si tu veux, tu appuies une seule fois sur la touche "dièse".

– Comment as-tu fait ?

– Tu me laisses ce petit secret ?

– Tu es employée chez Orange ?

– D'accord ! à la condition que tu ne leur poses pas la question. Je paierai les factures. »

Je ne sais trop que penser de ce trait d'humour mystérieux, peu importe. Nous voici reliés par des électrons aussi anonymes que nous. Nos identités restent tues, mais nous nous retrouverons plus commodément pour fréquenter cinémas et musées ; pour filer à Manaus, en Bretagne, à Auschwitz. Et chez elle bien sûr, où ses draps nous attendent. Un jour, elle m'achète une deuxième paire de lunettes noires, aux branches soulignées par un fil doré ; c'est la veille de mon anniversaire, et l'inquiétude me vient qu'elle pourrait connaître mon état civil ; mais elle n'en laisse rien paraître, et, si c'était le cas, je ne devine pas pourquoi elle se découvrirait. Coïncidence ou manipulation ? Hasard ou scénario ?

Le drame se noue deux ans plus tard, un matin à la Gare de Lyon, alors que nous devons nous retrouver pour aller passer quelques jours en Provence. J'ai mon billet à la main, elle m'a dit la veille au téléphone qu'elle a bien commandé le sien. Mais elle n'est pas au rendez-vous. Le train vient de partir, j'ai vérifié dix fois qu'elle n'y était pas déjà installée, nous avions rendez-vous dans le café qui donne sur le quai, et elle ne serait pas partie sans moi. Nos portables chéris sont muets. Un terrible désarroi me tombe sur le front, sur les épaules. Je n'imagine pas ce que je pourrais faire, et, selon un biologiste aperçu la veille à la télévision, « l'impossibilité d'agir » est précisément le fondement de l'angoisse : eh bien, nous y sommes. À la vérité ce sont deux ans d'inquiétudes refoulées qui refont surface, car je n'ai jamais voulu prévoir comment je surmonterais pareille catastrophe. Si je suis si démuni devant cette solitude qui m'étouffe, c'est précisément parce nous avons très précautionneusement fermé toutes les portes qui pourraient aujourd'hui me libérer. Nous nous connaissons comme seuls peuvent se connaître des amants, des partenaires sexuels, des confidents d'oreiller, mais là s'arrête notre intimité : nous ne sommes l'un pour l'autre que des peaux, des muqueuses, des voix, des sourires, des neurones anonymes. Je ne sais ni comment elle s'appelle ni où elle habite. Si elle a été accidentée, si elle est retenue contre son gré, si on lui a pris son téléphone, elle n'a aucune piste pour me retrouver. Déjà, je me vois hantant à pied les milliers de rues de Paris, tentant de déchiffrer d'innombrables façades dans l'espoir d'identifier la maison de Galatée.

Je reste deux heures prostré devant une demi-douzaine de tasses de café, dans le tumulte de la foule et des annonces par haut-parleur, sans que le moindre signe me délivre ; sans qu'apparaisse le sourire qui a illuminé ma vie. La première idée qui me vient est d'aller présenter mon téléphone magique dans la boutique d'un opérateur et d'essayer d'obtenir une adresse où sont envoyées les factures.

« Ouh là, fait un premier technicien en examinant l'engin, ce n'est pas de chez nous. Appelez-moi, on va voir ce qui s'affiche sur mon écran.

– Je ne peux pas, la seule touche qui fonctionne est le dièse.

– Vous plaisantez ?

– Hélas non.

– Essayez le +33 pour voir. Ah ! dit-il en activant l'écoute et en plaçant l'appareil entre nous, c'est ce que je pensais, c'est une puce étrangère. »

Une voix monotone débite en effet maintenant un message probablement technique dans une langue que je n'identifie pas. Mais le visage de mon interlocuteur s'éclaire.

« Vous avez de la chance, me dit-il en me rendant l'appareil, j'ai l'impression d'entendre l'ouverture du shabbat : c'est de l'hébreu.

– Qu'est-ce que ça dit ?

– Ah, je ne sais pas. Mon collègue Schlomo pourrait peut-être, mais il est en vacances. Devinez où, le veinard ? À Eilat ! »

Voilà qui s'accorde avec notre voyage à Auschwitz et qui me laisse à l'inverse l'espoir de vivre une de ces histoires juives absurdes et finalement drolatiques. L'homme m'a donné l'adresse de l'ambassade d'Israël, mais je me heurte dès l'entrée de la rue à un cordon de gendarmes mobiles qui en interdit l'accès. Les pourparlers sont pénibles, je ne peux que balbutier une demande incompréhensible.

« J'ai trouvé un téléphone israélien et j'entends le rendre à un employé assermenté. »

On me prend pour un fou. Les militaires rient tout en laissant percer l'inquiétude de négliger une affaire importante. Finalement, un gradé qui n'était sorti que quelques secondes du car aux vitres fumées revient me dire que « quelqu'un va venir ». Apparaît alors un *man in black*, chemise blanche, crâne rasé, qui aurait pu se faire tatouer *Mossad* sur le front tellement son appartenance au célèbre service paraît évidente. Sans m'inviter à quitter le trottoir, il examine le portable, écoute mon histoire, me demande bien sûr le nom de Galatée, que je ne connais pas, et « au minimum une photo » : je n'en ai pas davantage. Après avoir noté ma propre identité et fourré l'appareil dans sa poche en disant qu'on me rappellerait, il repart vers l'ambassade où il disparaît sans retour. Je suis bien certain de ne plus jamais le revoir.

J'étais écrasé de malheur, furieux d'avoir moi-même construit cette impénétrable forteresse dans laquelle j'avais enterré ma joie. Sidonie elle-même se permit de noter la tristesse de ma voix lorsqu'elle m'appela d'Angola ou de Tanzanie. J'avais toujours de la tendresse pour elle mais cette fois je dus me faire violence pour ne pas lui reprocher cette remarque : de quoi se mêlait-elle ?

Parmi tous les lieux que j'avais fréquentés avec Galatée dans les semaines précédentes, se pouvait-il que dans l'un d'eux on eût conservé notre image, captée à notre insu ? J'avais remarqué dans les plafonds d'une galerie commerciale des protubérances bizarres qui pouvaient être des caméras de surveillance. Les gardiens me confirmèrent que c'était bien le cas mais s'esclaffèrent lorsque je m'aventurai à leur demander si je pouvais visionner les bandes :

« Vous plaisantez ?

– C'est une question de vie ou de mort.

– Vous êtes qui ?

– Personne ! à vrai dire.

– De toute façon, on les efface. Si vous étiez de la police, ce serait différent. »

Je me suis vu tenter d'expliquer à un fonctionnaire

ou à un détective privé que je cherchais une fille sans identité et sans visage : j'ai renoncé.

Il restait une dernière piste dont je devinais aussi la difficulté : la compagnie brésilienne. Elle disposait d'une petite agence dans le quartier de l'Opéra, dont le comptoir était tenu par une unique hôtesse, à la silhouette de rêve. Mais j'en cherchais une autre. Elle s'amusa de ma demande : même si le vol s'était posé une heure plus tôt, elle n'aurait pu me laisser consulter la liste des passagers « sous peine de perdre sa place ; alors deux ans plus tôt ! »

Je m'effondrai sur l'unique canapé prévu pour les visiteurs et laissai cette fois les sanglots me secouer. Elle me demanda si elle devait appeler des secours, m'offrit une aspirine ; me proposa de rester à ses côtés « le temps de retrouver bonheur et joie de vivre ». Elle était gentille. Assis, je pouvais garder les yeux clos.

Il y eut des voix de clients qui voulaient aller à Rio ou à Brasilia. Au bout d'une heure le silence retomba, des talons sans doute hauts et fins s'approchèrent du canapé d'où je n'avais pas bougé, et le joli visage me dit :

« Monsieur, nous allons fermer pour la pause déjeuner.

— Je peux vous offrir un verre ?.

— Il faut que je mange, ou je ne tiendrai pas jusqu'au soir !

— Alors une salade et un dessert.

— D'accord. Mais ensuite vous ne reviendrez pas

ici. Mon responsable sera là, et il ne comprendrait pas que je ne vous aie pas suffisamment découragé. Je ne suis pas une véritable employée, je ne suis qu'une étudiante en stage, et au premier faux pas je dégage ! j'aurais perdu mon année.

    – Promis. »

    J'avais enfin de la chance. Amalia suivait des cours de français à « Paris 3 Sorbonne Nouvelle » dans le cadre d'un contrat *Érasmus*, elle avait lu davantage que moi dans nos deux langues, et sa curiosité ne s'arrêtait pas aux œuvres de Montaigne ou de Jean-Jacques Rousseau. Elle trouvait encore le temps de lire en traduction les romans de John Le Carré ou de Stieg Larsson, et elle envisageait d'écrire elle même des histoires du même acabit. Le Brésil, disait-elle, était un continent aux climats et aux peuples variés ; « un univers propre à accueillir les sagas les plus romantiques comme les polars les plus violents ». Je ne résistai pas à lui conter le drame que je vivais, et elle ne mit pas plus longtemps à s'enthousiasmer pour « ce *script* de série ou de *block-buster* : ah, le changement de siège dans l'avion, les vies d'aveugles des deux amants, la procédure insensée de leurs rencontres, les téléphones et les lunettes noires ! » Bientôt, son verdict tomba, qui me pétrifia sans que je pusse deviner si elle traitait sérieusement de mon cas ou si elle prenait des notes :

    « Galatée était à l'évidence une espionne israélienne. Elle était allée au Brésil repérer l'un de ces nids de nazis cachés dans la jungle amazonienne dont la presse se fait régulièrement l'écho. Elle venait de Manaus, vous avait-elle dit ? Dangereuse confession ! Je vais sans doute vous décevoir en vous révélant les raisons de son déplacement dans l'avion, mais c'est évident. Elle devait craindre la présence de quelque tueur auquel sa solitude rendait la tâche trop facile : trois gouttes de poison dans son verre, un tube de polonium dans son sac... Elle s'est protégée en venant s'asseoir près d'un innocent ; contre lui, même ; en lui prenant la main pour jouer les épouses...

— Elle dormait.

— Elle s'est endormie, ce qui donne une idée de son calme professionnel.

— Vous êtes en train de me dire que Dieu n'existe pas.

— Pardonnez-moi. À vrai dire, cette explication ne préjuge pas de ses sentiments ultérieurs. Elle est ensuite tombée amoureuse de vous, elle a pris des risques en continuant à vous voir, en voyageant avec vous. Hélas, vous fournissiez à ses ennemis une piste de plus à remonter. Ses employeurs du *Mossad* ont dû finir par trouver ce danger exagéré. Ce qui donne deux pistes possibles pour sa disparition... »

Depuis quelques secondes, j'écoutais à peine Amalia, j'avais compris sa construction romanesque, j'aurais pu la dévider à sa place ; l'intrigue me paraissait vraisemblable, tout au moins aussi crédible que tant d'autres que je n'aurais pas davantage l'occasion de vérifier. Nous avons plus de cent milliards de neurones dans la tête : allez savoir ce qui se trame dans ces écloseries ! Mon cerveau avait changé de table de jeu, il avait basculé dans un autre univers, et déjà il voulait placer des repères comme le Petit Poucet sur ses chemins futurs. J'ai dit :

« Comment se termine votre conte ?

– À voir.

– Est-ce que dans les dernières pages l'amant floué, le quêteur abandonné, pourrait rencontrer dans une agence brésilienne une jolie fille, une étudiante en contrat *Érasmus* frottée de littérature, qui lui volerait son histoire pour en faire la trame de son premier livre ? »

Le visage d'Amalia s'était coloré de rouge et de blanc, à l'exemple de celui de Galatée dans ses moments d'angoisse. Ses lèvres tremblaient légèrement. Nous laissions l'un et l'autre s'écouler des plages de silence entre chacune de nos phrases. La manière contournée dont elle traduisit son assentiment en paraissant me réserver le rôle du meneur me parut plaisante et de bon augure. Son texte serait fin.

« Il faudrait que vous soyez d'accord, trouva-t-elle.

– Voilà. Il me faudrait répondre à toutes les questions que vous ne m'avez pas encore posées. À quelle heure finissez-vous votre travail ? »

Une minute. Puis :

« À six heures. »

Silence. Enfin :

« Je veux bien, mais à deux conditions. Nous nous retrouverons à la Fontaine Médicis. Et vous porterez des lunettes noires. »

*
* *

Quoi d'autre ? quoi quoi d'autre d'autre ?? Haul away, hé, oula tchalez ! Deux amants anonymes : « je » qui raconte et « elle » qui m'entraîne, les yeux bandés, dans un appartement parisien sans adresse. Pas de téléphone. L'obligation de nous rejoindre lors de rendez-vous convenus, sans aucune possibilité de rattrapage si l'un de nous devait faire défaut. Un danger à la saveur diabolique ou divine. Une formidable excitation. Le grondement de récits inconnus…

Nous avions décidé de nous offrir un frisson supplémentaire. Au lieu de prendre le même avion après avoir acheté séparément nos billets, nous ne nous retrouverions qu'à l'étranger : tel jour à telle heure, dans un lieu inconnu de chacun de nous, choisi en pointant un doigt sur une carte d'internet ; en l'occurrence sur le quai de Kowloon, face à l'île de Hong Kong, pas trop loin de la station du ferry que prend Vincent Lindon dans le film *La Moustache* d'Emmanuel Carrère. Le projet m'excitait beaucoup encore qu'obscurément. Il me semblait cette fois qu'une troisième joueuse avait rejoint notre couple d'aventuriers : *Gaïa,* la planète elle même, au ventre rond comme celui d'une parturiente. Nous devrions en parcourir une moitié pour rejoindre le lieu de rendez-vous où elle nous attendait déjà, partagée entre sourires et gémissements sous le regard d'un Dieu gynécologue. Sans identité, nous n'étions, Galatée et moi, que des spécimens d'*homo sapiens*, mais il y avait bien un lien d'exception entre cette espèce et cet astre ?

Hong Kong me séduit sur le champ, tandis que le taxi m'emmène vers un horizon qui rappelle celui de New York et vers le fantôme de mon aimée. On y roule à gauche comme en Angleterre, tandis qu'en Chine populaire, à quelques kilomètres, c'est à droite. Je proposerai à Galatée d'aller voir comme se passe l'inversion au poste de douane. Au demeurant, malgré cette transition, il s'agit désormais à peine d'une frontière. Londres a « rendu » Hong Kong à Pékin, qui a cependant accepté de ne rien changer à l'ancienne colonie, ni la monnaie, ni l'administration, ni donc la circulation routière, pendant cinquante ans. Les douze heures de mon voyage m'ont laissé le temps de consulter un guide, et j'ai notamment lu le récit de la passation de pouvoir entre les deux empires : en présence du premier ministre Tony Blair et du prince Charles on a joué une dernière fois le *God save the Queen* tandis que s'abaissait l'*Union Jack* ; puis s'est redressé le drapeau rouge frappé d'étoiles au son de l'hymne chinois pour la plus grande fierté du président Jiang Zemin. Il s'en passe des choses sur cette boule ! On est à Hong Kong dans une sorte de réel parallèle. Et cette étrangeté me paraît rejoindre celle de notre couple.

Le spectacle des gratte-ciel bordant de leurs gigantesques dominos le rivage de l'île mythique, de l'autre côté du bras de mer, a quelque chose d'exaltant et de traumatisant. La démesure est un attribut qu'on se représente mal avant d'y être confronté. J'ai quelques heures d'avance, Galatée n'est pas encore arrivée, je ne peux pas choisir un hôtel avant de l'avoir retrouvée. Malgré l'intérêt du lieu, l'attente promet d'être éprouvante auprès de ma valise, parmi une foule de promeneurs. Plusieurs conversations plaisantes avec des passants étonnés, chinois ou occidentaux, m'aident à contenir mon inquiétude, même au-delà de l'heure convenue du rendez-vous. Puis vient l'allumage de milliers de fenêtres dans le formidable rideau de scène, paraphé par les silhouettes sombres de jolies danseuses improvisant sur des propositions de *qi gong*, à quelques mètres de moi. Hélas, peu avant minuit la représentation prend fin, et la scène se vide dans des éclats de rire. Il me faut envisager de gagner un hôtel. L'angoisse qui a commencé à me pincer le cœur menace déjà de se muer en une terreur effrayante, à la mesure de ma solitude et de mon incapacité. Je ne connais ni le nom ni l'adresse de Galatée. Je ne sais pas quelle compagnie elle a prise ni même quel jour elle a envisagé de voyager.

Elle n'apparut jamais sur ce quai où je revins chaque jour, matin et soir, nourrir mon désespoir. Il était inutile d'avancer mon retour car à Paris non plus je ne saurais où la retrouver. Je restai donc toute la semaine prévue, arpentant l'un après l'autre les différents marchés, aux fleurs, aux parfums, aux bijoux ; frémissant devant les étals sur lesquels des têtes coupées de poissons respiraient encore. Chaque nuit, je faisais le même cauchemar qui m'agaçait particulièrement parce qu'en quelque sorte il ne m'appartenait pas. J'avais d'abord découvert l'apologue d'Emmanuel Carrère dans sa version cinématographique, et, comme je me rendais sur le lieu où se déroulait une partie de l'action, j'avais eu l'idée d'acheter le livre, que j'avais lu dans l'avion. Or, les deux récits ne proposent pas la même fin : dans le film, Vincent Lindon finit par retrouver une Emmanuelle Devos plus ou moins virtuelle ; tandis que dans le livre le héros égaré met fin à ses jours en découpant au rasoir le visage porteur de la maudite moustache. Est-ce que je ne m'étais pas moi aussi trompé de vie ?

Je fis un aller-retour à Macao qui n'est qu'à une heure de bateau de Hong Kong. L'opulence et l'élégance anglaises de la voisine y font place à un tape-à-l'œil à la fois clinquant et désuet, qui a toujours attiré les cinéastes. À la vérité, elle a été la première terre touchée par des navigateurs européens : par le *capitao* Jorge Alvares dès 1513, c'est-à-dire très peu de temps après la découverte des Antilles par Colomb. Les canons de la citadelle n'ont ensuite jamais tiré qu'un seul boulet, vers des goélettes hollandaises qui paraissaient vouloir jeter l'ancre un peu trop près. Tous les hôtels de « l'enfer du jeu » sont aussi des casinos, aux formes les plus folles, de flammes ou de cornets de glace monstrueux. On y joue en dollars et en euros, en yens et en yuans, mais tout de même aussi dans la monnaie locale dont le nom vaguement grotesque de *pataca* prête à rire. Personne ne parle plus portugais dans des rues qui portent pourtant les noms de *Sao Agostinho*, de *Dom Joao IV* ou *do Doutor Mario Soares*. L'ancienne colonie lusitanienne rejoindra elle aussi la Chine dans quelques décennies, mais des compagnons de voyage m'ont assuré qu'il s'agit d'une sorte de *on-dit* que ne garantit aucun document écrit... Les rumeurs courent plus encore qu'ailleurs dans ce pays de légende. En consultant un guide, j'ai moi-même pensé avoir trouvé la raison qui m'y avait guidé. Je me suis rendu sur la minuscule placette du *Largo de Lilau* pour y goûter l'eau de la fontaine supposée garantir au buveur, sinon de rester éternellement jeune, tout au moins de revenir un jour à Macao. Et j'ai tenté un coup de force magique. Je me suis adressé en français aux trois aïeules ridées qui me regardaient en souriant et me faisaient penser aux sorcières de *Macbeth*, version chinoise et apaisée. Je leur ai demandé de bien vouloir troquer ce sortilège contre le retour de Galatée, n'importe où sur cette terre pourvu que ce soit dans mes bras. L'une d'entre elles a levé la main pour me saluer. Mais, au retour à Hong Kong, il n'y avait personne sur le quai de Kowloon.

À Paris, je suis retourné dans tous les lieux que nous avions fréquentés ensemble, en espérant follement que la même idée lui vienne. Ce serait si merveilleux d'apercevoir la silhouette chérie de dos devant la vitrine d'une boutique de mode ou derrière une page de journal à la terrasse d'un café ; de m'asseoir à ses côtés et de dire simplement : « ça va ? », en essayant de retrouver la calme intonation qu'elle avait donnée aux mêmes mots dans l'avion.

La ville est restée déserte, derrière ses foules denses. Il ne me restait qu'un dernier pèlerinage à effectuer, dont je redoutais l'effet sur mon cœur écorché : à la Fontaine Médicis, au jardin du Luxembourg. Je savais que j'y laisserais couler mes larmes devant les amants unis pour l'éternité par le marbre de leurs chairs. Le clochard était là, fidèle au rendez-vous. Mais il ne dormait pas, comme si mon émotion l'avait lui-même privé de sommeil. Il fouillait en grommelant dans ses sacs de plastique avec des gesticulations de clown. Finalement, il se redressa en brandissant une enveloppe froissée et il se dirigea vers moi en clopinant. Sa démarche mal assurée lui valut de se prendre un pied dans l'un des arceaux de fer bordant la pelouse, mais il était parvenu près de moi, je pus lui saisir le bras et lui éviter de tomber.

« La dame est venue », me dit-il en me tendant la lettre. Que pouvais-je hurler d'autre que d'inutiles : « Elle vous a dit quelque chose ? Vous savez où elle est ? Elle va revenir ? » Il secouait la tête, hagard, il ne comprenait pas pourquoi je le remerciais aussi mal. Je lui ai donné un billet, et il est retourné s'asseoir. Il n'y avait aucun nom sur l'enveloppe. Était-ce vraiment pour moi ?

Hélas :

Mon cher amour Acis,

Il aurait été sans doute plus charitable et plus conforme à notre folie que je m'abstienne de ce contact. (« Plus charitable ? » J'avais du mal à lire tellement mes mains tremblaient.) *Entre nous c'était tout ou rien. Nous savions depuis l'origine qu'une telle tragédie nous menaçait ; que l'horizon pourrait se fermer ou se rouvrir sur un nouveau monde. Ce qui m'incite à te conter cette aventure, c'est son caractère littéraire. Dans la vie, on ne gagne pas au Loto, les Cendrillons ne rencontrent pas de princes charmants. Mais dans les romans, si. Tu vois, j'ai été bonne élève, j'ai bien travaillé tes cours. Ta manie de toujours inventer des scénarios multipliant nos aventures réelles m'a tourné la tête. Voici. Dans l'avion qui m'emmenait vers Hong Kong, on m'a attribué une place identique à celle qui était la mienne au départ de Sao Paulo. Le cœur battant, je me suis retournée. Et, à la tienne, tu étais là. Avec les mêmes yeux, le même sourire, mais plus jeune, bronzé, encore plus beau. Je n'ai pas résisté à cet appel magique. Je me suis levée, je suis venue m'asseoir près de cet autre toi. Tu avais remonté le temps. Nous étions du même âge. Tu as déjà deviné : après le repas, nous nous sommes endormis, nous nous sommes réveillés nous tenant la main. J'ai su que je n'irai pas sur le quai de Kowloon.*

Si je me permets d'ajouter que ce nouvel épisode accomplit le destin que nous avons esquissé, c'est parce que je sais que ton amour du beau l'emportera sur ton désespoir. Tu aurais pu écrire cette histoire. La souffrance ne te fait pas peur. C'est une des curiosités de la vie. J'ai retrouvé ton goût sur d'autres lèvres, pardonne-moi ces mots cruels. Je t'aime comme jamais, Ta Galatée.

Affreuse coïncidence, mortelle confusion ! Je n'étais pas ce playboy dans lequel Galatée m'avait reconnu plus jeune. Un autre corps, un autre cerveau que les miens avaient hérité des trésors de ma vie. J'ai redressé la tête et, à travers mes larmes, il m'a semblé que Polyphème souriait. Salaud ! je te le crèverai, ton œil, Ulysse aura moins de travail ! Allons, ne le prends pas mal, je t'aime toi aussi, camarade. J'aime tout le monde.

Après avoir gratifié le clochard d'une petite tape amicale sur l'épaule et d'un nouveau billet, je suis rentré chez moi. Sidonie s'affairait à la préparation d'un délicieux repas. Depuis la cuisine elle m'a jeté :

« Tu as des projets en ce moment ? »

Je lui ai répondu que j'envisageais d'écrire un roman ou une nouvelle : l'histoire de deux amants qui se cacheraient leurs vies, et jusqu'à leurs noms. Elle a forcé la voix pour dominer le bruit d'un robot qui battait des œufs en neige :

« C'est *chelou* ! Ce sera triste ou gai ? ou bien policier, peut-être ?

— Je ne sais pas encore. J'hésite entre plusieurs fins. »

GENÈSE PORNO

C'est sans doute une drôle d'entreprise que de raconter un livre dans un autre écrit, plutôt que de donner simplement à lire le texte d'origine. Pourtant, nombre de grands auteurs ont pratiqué cette ellipse élégante, dégageant pour leurs lecteurs le suc de l'ouvrage caché tout en leur évitant l'ennui d'un déchiffrement intégral. D'autres ont pu faire malignement remarquer qu'un homme cultivé ne se reconnaît pas tant au nombre de bouquins qu'il a lus qu'à sa capacité de commenter tous ceux qui ont acquis une place dans l'histoire de la littérature, même ceux qu'il n'a jamais ouverts. Ainsi, le péroreur peut s'approprier à bon compte la richesse d'un chef-d'œuvre réel ou supposé, tout en entretenant pour les profanes et les dupes la barrière de son accessibilité.

En vérité, dans le cas présent, pas d'obscure *Approche d'Almotasim* ou d'introuvable *God of the labyrinth*, mais un récit de dimension modeste, contant une nuit d'amour entre un narrateur et une femme, aux identités non précisées. La parution de ce brûlant *midrash* a suscité une sorte de sidération mondiale qui a repoussé pour un temps dans des rubriques moins lues les affrontements stratégiques menaçant l'avenir de la planète. Si une publication juive s'est permis d'user de ce terme hébreu d'ordinaire réservé aux contes de teneur religieuse, c'est que tel a bien été le terrain sur lequel se sont placés d'emblée les premiers commentateurs. Innombrables ont été les articles soutenant que l'auteur – anonyme lui aussi – avait « ramené l'humanité à ses fondamentaux », à la fusion des corps. Plusieurs éditorialistes québécois ou irlandais ont bien cherché à christianiser ce message en le présentant comme « un tract de la guerre des berceaux », en y lisant « une promesse de descendance », voire « un appel d'éternité ». Mais ces extrapolations maladroites ne traduisaient que la panique de croyants horrifiés par la radicalité du livre qui fait bien du plaisir, de la jouissance, la première valeur de la vie. Les animaux, lit-on même dans quelques lignes inadmissibles, et les *homo sapiens* aussi bien, ne copulent pas d'abord pour avoir des petits, mais parce qu'ils en ont envie. Les enfants sont donnés de surcroît. Si la procréation traduit *in fine* le mouvement de la Vie ou la volonté de Dieu, « ça Les regarde » (sic, majuscule comprise) ; dans un premier temps, elle est sans rapport avec le désir des amoureux ; la coïncidence des deux phénomènes peut être lue comme une ruse de l'Évolution.

Pour autant ces polémiques académiques ne venaient pas à bout des provocations du récit qui paraissaient se développer encore dans le flot des gloses, tant favorables qu'hostiles. On a ainsi pu lire sous la plume d'un partisan aussi coquin que mystique que se trouvait ajouté à la Bible le chapitre manquant décrivant la première étreinte d'Adam et Ève : « Pourquoi nos premiers parents ne se seraient-ils pas offert une petite fellation pour se reposer de l'épreuve qu'avait sûrement constituée pour eux l'extraction de la côte, coït à l'envers heureusement remboursé par mille fusions ultérieures ? » « *La Genèse porno* », a inventé un quotidien connu pour ses titres étincelants. Dans une émission de *France Culture* un rabbin moins satanique a rappelé l'histoire qui prête à Dieu sommé de résumer ses travaux la formule paisible : « J'ai fait des couples, J'ai uni des gens. » Médiation conciliatrice qui a néanmoins amené l'animateur d'un *talk-show* télévisé à se demander, avec un affreux ricanement, si l'écrivain caché avait donc en quelque sorte égalé Dieu. Quelques participants jugèrent cette incise horriblement impie, des hurlements montèrent, des coups de poing furent échangés. Le tumulte fut terrible : un vrai *tohu-bohu* commenta le lendemain un journal du soir, en jetant de l'huile sur le feu.

Cette tonalité trop systématiquement religieuse menaçait de devenir gênante, d'attirer sur le livre les foudres des organisations laïques qui ne pouvaient pourtant que lui être favorables sur le fond. Pour ne rien dire de la couleur fortement juive de ces commentaires qui risquait de détourner les publics chrétiens intégristes ou musulmans. Tout encouragement était bon dans une perspective universaliste. Ce fut donc avec un certain soulagement que les défenseurs de l'ouvrage lurent l'hommage d'une romancière espiègle, comparant le couple des deux héros à ceux des contes les plus célèbres, « privés par Grimm et par Perrault des délices qu'on devine au-delà du point final ». À la vérité, ce n'était guère original, car la littérature regorge de versions *hard* de *Blanche Neige* ou du *Petit Chaperon Rouge* ; le cinéma, de *Cendrillon* ou de *Peau d'Âne porno*. La Genèse, c'était mieux. Moins attendue fut la proposition d'un journaliste scientifique pince-sans-rire, suggérant que fût installé un réseau d'émetteurs lançant en permanence vers les profondeurs de l'espace des phrases ou même l'intégralité du message, « peut-être capable de bouleverser jusqu'aux extraterrestres ».

Curieusement, en dépit du *buzz* médiatique en cours sur l'extension du mariage aux couples de même sexe, le quasi-silence de l'ouvrage sur les questions de l'homosexualité et de la transsexualité n'a pas vraiment nui à sa célébrité. Les tenants de ces formes différentes d'humanité ont bien voulu convenir qu'il s'agissait d'abord d'un récit, qui se trouvait réunir un homme et une femme ; et que, s'il était possible d'y trouver les signes d'un combat, ce plaidoyer général pour la promotion du plaisir intégrait sans le dire leur propre revendication. Pour pointer l'intolérance des sociétés historiques depuis des millénaires il était d'autant plus fort de s'en tenir à la forme la plus fréquente du couple, c'est-à-dire à sa version hétéro-sexuelle.

Le texte contient bien quelques allusions à des pratiques extrêmes, mais plutôt pour s'en démarquer ou les reporter à un passé légendaire. Il note que des hommes peuvent aimer une chèvre ou des femmes leur chien ; qu'il existe en Allemagne une association de défense des droits des zoophiles, dont Diderot lui-même paraît avoir vanté les pratiques dans la *Suite de l'Entretien* entre Mademoiselle de Lespinasse et le docteur Bordeu. Sans doute trouverait-on toutes sortes de tels « franchissements de la barrière des espèces » en remontant dans l'histoire de l'humanité, jusqu'à Lucy ou Toumaï. Les diverses mythologies en content de nombreux cas : l'accouplement de Léda et d'un cygne, même si ce dernier n'était autre que Zeus métamorphosé ; de Pasiphaé et d'un taureau, la jeune femme se fût-elle cachée dans une vache de bois montée sur roulettes ; de Brahmâ et d'un ours, etc. Ce sont, ose le narrateur, « des formes *hardcore* de l'universalisme ». L'inceste est presque la règle dans les légendes originelles : Isis copule avec son frère Osiris, Nyx avec Érèbe, Océan avec Téthys, etc. On ose à peine poser la question des liens entre Adam, Ève et leurs enfants. Lorsque, une fois Caïn et Abel engendrés, le texte biblique avance que l'aîné assassin « connut sa femme » (*Genèse IV,17*), le lecteur est tout de même en droit de se demander : « qui est-elle donc ? de quelle histoire, de quels parents sort-elle ? » Certains talmudistes ont proposé de remplacer chacun des deux frères par un couple de jumeaux, garçon et fille, ce qui résoudrait une fois de plus l'énigme biologique par un inceste sacré, magnifique ou scandaleux, lequel ne serait pas sans rappeler celui de Siegmund et Sieglinde, les parents de Siegfried, dans le livret wagnérien. Les commentateurs les plus intellectuels préfèrent s'en tenir à noter qu'« il a fallu du même pour produire de l'autre ». Pas mal ?

On trouve donc dans ce livre qui a enflammé un vaste public quelques brèves références savantes mais il évite une efflorescence littéraire qui pourrait fatiguer le lecteur. Un bref paragraphe rend bien hommage aux créateurs qui ont eu à subir les rigueurs des tribunaux, fussent-ils des cachottiers plus que des outlaws véritables : Flaubert a comparu au prétoire pour avoir laissé deviner des effusions non dites, sans avoir jamais ôté la moindre culotte à Emma Bovary. Au demeurant, traditions communautaires et prescriptions religieuses ne coïncident pas toujours. Sans doute y a-t-il eu autant d'unions heureuses à l'époque des mariages décidés qu'à celle de l'amour libre.

Pour autant le texte évite les auteurs trop attendus – Sophocle, Aristippe, Épicure, Tirso de Molina, Molière, Da Ponte, Sade, Freud, Onfray – pour retenir ceux qu'un public français contemporain a moins lus : Chaucer, Marguerite de Navarre, Defoe, Cleland. Casanova a droit à un salut pour sa franchise familière, Nabokov pour son exaltation du duvet sur les bras des jeunes filles. Les œuvres qui traitent de conventions sociales, de stratégies amoureuses, de stades psychologiques, ne sont pas abordées : point de *Décaméron,* de *Manon Lescaut* ou de *Liaisons dangereuses.* Pas davantage de digressions sur d'autres formes d'agréments comme ceux de la table, sur les catégories philosophiques du plaisir et de la douleur, du bonheur et du malheur, sur la morale, sur la question du Mal. Pour laisser deviner la joie que leur vaut leur plaisir partagé, les tourtereaux se permettent même de moquer la célèbre déploration d'Aragon, *« il n'y a pas d'amour heureux ».* Les deux lascars pensent exactement le contraire. Et de s'esclaffer en citant les ridicules ratiocinations du poète : *« Il n'y a pas d'amour dont on ne soit meurtri, [...] Le temps d'apprendre à vivre, il est déjà trop tard... »*

Le propos est ici plus radical, tout à la fois trivial et hautement ontologique. Il s'agit de poser la jouissance physique, partagée ou même solitaire, comme un rituel sacré, ouvrant l'accès au Vrai ; de la reconnaître comme une fleur, un drageon, témoignant de la naissance de l'Univers. *« Je jouis, donc Il est »* – quoi qu'en dise la raison. Le gourou de ce nouveau credo est Diderot, annoncé par Ovide et La Mettrie, continué par D. H. Lawrence, sous l'œil tutélaire de Darwin.

La *Genèse Porno* ne condescend pas à cacher les prétendus « désordres de la chair » sous le fade manteau des amours éthérées ou derrière le trompe-l'œil des conflits familiaux. Ni Shakespeare, ni Bernardin de Saint-

Pierre, ni Goethe n'a montré Roméo et Juliette, Paul et Virginie, Werther et Charlotte, en train de faire l'amour. Aucun d'entre eux ne mentionne ces merveilles naturelles que sont les muqueuses, les glands, les prépuces, les vagins, les lèvres, les clitoris ; les humeurs, les odeurs. Tandis que le présent ouvrage rappelle que chaque jour, chaque nuit, des milliards de femmes et d'hommes – des milliards ! – unissent leurs chairs aimées, vilipendées en chaire.

« Pourquoi rougis-tu d'entendre prononcer le nom d'une volupté dont tu ne rougis pas d'éprouver l'attrait dans l'ombre de la nuit ? » s'amuse à citer l'amant.

– Tais-toi, malheureux ! » poursuit sa partenaire, *« et songe que c'est le plaisir qui t'a tiré du néant. »*

C'est du Diderot, encore lui, dans l'article *Jouissance* de *L'Encyclopédie*.

Le narrateur ne craint pas de présenter crûment des situations réelles rapportées par les ethnologues ; et surtout de les évoquer alors qu'il s'active lui-même avec sa bien-aimée. S'il mentionne le cas des jeunes garçons *Baruyas* de Nouvelle Guinée qui doivent absorber le sperme de tous les hommes de leur tribu pendant leur initiation, c'est en offrant sa propre verge à la langue de sa partenaire. S'il s'attarde sur celui des *Inuits* polaires qui peuvent se penser à la fois des deux sexes, c'est en se glissant sous elle avant de la dominer de nouveau, pour alterner leurs positions. Lorsqu'une femme est enceinte au pays blanc, c'est toujours pour rouvrir la porte du réel à un ancêtre décédé, dont le chaman du groupe révèle l'identité avant « la renaissance ». Il peut alors se faire que, tandis qu'un aïeul mâle est annoncé, c'est une petite fille qui apparaît. Aucune importance : de sa naissance à sa mort, la gamine sera appelée « grand-père » par toute la famille et respectée comme telle. Elle-même se sentira effectivement aussi bien homme que femme. Éventuellement, elle fera pipi debout.

La principale originalité du texte tient donc à la juxtaposition de descriptions érotiques, voire pornographiques, avec le verbatim d'un dialogue quasiment philosophique entre les deux amants. On ne sait pas si les deux personnages se fréquentent depuis longtemps ou s'ils viennent de faire connaissance ; de savantes thèses universitaires ont proposé sur ce sujet des hypothèses contradictoires. On ne leur connaît pas davantage de culture ni de nationalité. Plusieurs journalistes ont tenté de faire de cette imprécision un manque dommageable, voire une faute ontologique ; c'était vouloir ignorer qu'ainsi tout humain peut simplement s'identifier à l'un ou l'autre des deux personnages. Le récit doit son universalité à ce silence. Il parle de nature, sans oublier pour autant qu'il faudra y adjoindre des cultures pour construire une humanité. Mais les Arabes ou les Hurons jouissent aussi bien que les Roms et que les Lords anglais. C'est cet enracinement biologique qui vaut au coït amoureux son caractère sacré. Car, aussi nécessaire soit-elle, on peut plus ou moins changer de culture. Tandis qu'on ne modifie pas plus facilement le corps humain (sans chirurgie sacrilège) qu'on n'arrête un tsunami ou un tremblement de terre. Le narrateur se permet même à ce point d'avancer que, si Jésus-Christ a été proclamé Dieu, ce n'est pas parce qu'Il s'est présenté comme tel, mais parce qu'Il a marché sur l'eau, multiplié les pains et vaincu la mort physique. Saint Paul en convient, qui lâche, dans la *Première Épître aux Corinthiens (15, 14)*, que, « si Jésus-Christ n'est pas revenu du tombeau, nous sommes des crétins ou des menteurs ». Pour retrouver un enracinement naturel renié en maudissant la sexualité, les chrétiens ont valorisé la monstruosité de la « théophagie », version pédante du cannibalisme, et l'absurdité de la résurrection. Où sont le comportement sain et l'équilibre mental ? Dans l'ingestion de Dieu, dans la certitude de ressusciter, ou dans les douces caresses des amants ?

L'homme se présente avec insistance comme « un chevalier du hasard », auquel il prête à plusieurs reprises rien moins que du génie. Une main sur un sein de sa partenaire, il note sans en préciser les circonstances que leur rencontre a été fortuite, et il y voit paradoxalement le signe d'une fabuleuse élection. Comprenne qui pourra. De deux choses l'une : ou bien les lecteurs devinent, ou bien ce qui leur échappe les fascine. Les explications sont éludées, les précisions manquent, mais on les sent agissantes sous les provocations du récit, et cette obscure présence crée une excitante frustration qui devient un irrépressible désir de poursuivre.

Pour l'amant conférencier toute l'histoire de l'univers et l'évolution de la vie peuvent se décrire comme une saga de ce précieux hasard. Rien n'a jamais été programmé, les particules du *Big Bang* ont été semées en désordre, ce qui ne les a pas empêchées de s'agglutiner par simples coïncidences de formes, par attirances entre contraires : les creux appelant les bosses, les serrures les clés et les plus les moins, « comme des amoureux déjà ». Ainsi sont nés les atomes, les molécules complexes, de premières cellules capables de se reproduire « par inversion de l'inverse ». Ensuite, ajoute-t-il en glissant l'une de ses cuisses entre celles de son auditrice, les organismes élaborés ne sont apparus qu'à l'occasion de ratés dans ces processus de réplication. Sans elles, l'univers n'aurait connu que le règne du même. Les poissons en seraient restés aux nageoires sans que jamais des esquisses de pieds leur permettent de sortir sur la plage. Seules des erreurs ont fait naître des êtres nouveaux, donc imprévus par définition, en général défectueux et vite éliminés, mais quelquefois mieux adaptés au présent du réel.

Le sexe du narrateur est dressé, il pénètre délicatement pour la deuxième fois dans le chaud refuge de sa bien-aimée. Le paradoxe de l'histoire humaine, poursuit-il, est que cette imprévision radicale, cette méconnaissance absolue, sont intolérables aux maîtres que nous voulons être. Tant Descartes que Dieu assignent à l'homme un destin d'intendant de la Création qui le pousse à prévoir. Ce qui précisément ne se peut. Les économistes multiplient des annonces systématiquement démenties par les faits, qu'ils commentent ensuite avec une feinte compétence. À la vérité, les odes aux progrès techniques ou moraux ne sont que d'autres versions des vaines parousies religieuses promettant la fin des temps, l'improbable retour de quelque messie ou l'absurde résurrection des corps. Nous vivons contre le monde au lieu de nous unir à lui. Et de jouir de conserve, conteur et auditrice...

Encore faut-il introduire le deuxième personnage de la fable. Les méditations d'un Adam solitaire finiraient par lasser. Il faut qu'Ève apparaisse, avec ou sans Serpent. C'est un thème qui vaut aux amants et à leurs lecteurs voyeurs quelques pages de rêverie. Dans la Genèse biblique le fameux fruit n'est défendu que parce que sa consommation ouvre à la connaissance du bien et du mal : on comprend que Dieu redoute qu'y prenne source une contestation de son pouvoir. Mais dans les transcriptions ultérieures ou tout au moins dans les représentations picturales de scènes de l'Éden, nécessairement chrétiennes puisque le judaïsme les interdit, on voit apparaître une pomme dont l'origine est obscure. Les spécialistes ont invoqué sans convaincre les reinettes d'or des Hespérides grecques ou les boskoops de l'Avalon celtique. En latin, le même mot *mala* veut dire à la fois « mal » et « pomme », mais on ne sait trop s'il s'agit d'une origine du mythe, d'une confusion exploitée ultérieurement ou d'une plaisanterie académique.

Dans le livre, les deux tourtereaux se promettent de manger ensemble une pomme dans le cours de leur prochaine nuit d'amour. Nus bien entendu. « Ça va être d'enfer », lâche la nouvelle Ève sans mesurer tout à fait ce qu'elle dit. Lui préfère revenir à la Torah et constater qu'il ne faut pas trop solliciter le texte pour constater qu'il fait de la sexualité une sorte d'équivalent du pouvoir divin, peut-être son autre nom. C'est après avoir consommé le fruit interdit que le premier couple s'unit. Certes, ils connaissent alors la pudeur et la honte, mais, espérons-le, la jouissance aussi bien. Cette antinomie qui donne son épaisseur au récit laisse déjà deviner la grande fêlure de l'humanité, jamais cicatrisée, entre, d'une part, les hédonistes, les optimistes, les philanthropes, les amoureux de la vie, et, d'autre part, les obsédés de la souillure dont la cohorte n'a jamais maigri au fil des siècles. « Nous naissons entre les excréments et l'urine » a pondu saint Augustin, sûrement très fier de sa trouvaille. Le récitant lui préfère la redécouverte, dans un roman italien contemporain, d'un manifeste d'Aristote escamoté depuis des siècles par des crapules métaphysiques parce qu'il était favorable au rire et au bonheur d'exister.

À la vérité, le texte biblique ne mentionne jamais le plaisir sexuel. Dieu crée d'abord un être complet qui ne deviendra formellement double, « mâle et femelle », que rétrospectivement, lorsque ces deux genres seront apparus. Une fois Adam « flanqué » d'Ève, l'épisode suivant du feuilleton est policier : c'est l'histoire de la désobéissance et de la punition des coupables. La première mention d'une partie de jambes en l'air est ultérieure et franchement elliptique, pour ne pas dire tristounette : « *L'homme connut Ève, sa femme. Elle conçut et enfanta Caïn, en disant : "J'ai acquis un homme grâce à Iahvé." Elle enfanta ensuite son frère Abel.* » Peut mieux faire ! C'est une curiosité énigmatique que cette frilosité du monothéisme face à la jouissance. Il n'est pas moins logique de considérer comme particulièrement sacré, plutôt qu'avilissant, ce point où l'*homo* laisse brièvement échapper sa conscience de *sapiens* pour accomplir le projet de Dieu. L'explosion de l'orgasme n'est pas un effondrement : c'est l'Élévation darwinienne.

Telle est bien la thèse implicite du livre. Si elle n'y est pas directement formulée en de tels termes, c'est qu'en choisissant de raconter, de donner à voir, plutôt que de débattre, le texte se démarque plus encore des folies intellectuelles soutenant les dogmes religieux. Laissons, manifeste-t-il sans s'abaisser à le dire, le péché originel aux théologiens chrétiens, pourvu qu'ils nous laissent l'oublier ; pourvu qu'ils nous laissent échanger des regards, caresser, danser, communier. Laissons le rejet du désir aux bouddhistes, pourvu qu'ils nous laissent le rechercher ; on peut vouloir souffrir, si c'est d'amour. Les musulmans de Kaboul cachent le visage et le corps des femmes ? les juifs de Mea Shearim ne leur serrent pas la main ? On se contenterait bien d'un « tant pis pour eux ! », si ce n'était précisément oublier les femmes.

Le lieu de la vie et celui de l'humanité aussi bien, insiste le narrateur en imprimant délicatement la marque de ses dents dans le cou de sa partenaire, c'est le corps ; n'en déplaise à Platon, à Descartes, au pape, à tous les dualistes ; à presque toutes les religions et les philosophies. Non pas le corps avant l'esprit ou contre l'âme : car cette autre trinité est une, et on peut s'abstenir de la déliter ainsi. La conscience humaine, tous les « je », tous les « nous », les « tu », les « eux », les « ça », naissent d'une absence, *apparaissent* dans l'évolution de la matière. Il ne suffit pas de moquer la lettre des « textes sacrés », les événements contés par les épopées des origines ; l'idée même d'une Création est déjà un piètre renoncement à la fabuleuse subtilité du surgissement. L'histoire, le réel, c'est ce qui se produit.

Il est à noter que, dans le livre, un mystère plus grand nimbe l'amante, du seul fait qu'elle est plus silencieuse que son compagnon. De chacune des phrases du conteur suintent des non-dits qui éclairent peu ou prou son état d'esprit. La syntaxe le trahit. Par exemple, l'emploi du conditionnel à la place du présent suggère qu'il n'adhère pas complètement à ce qu'il dit : au mieux, il exprime une possibilité plutôt qu'un fait ; au pire, il sait qu'il délire. Il n'est pas tout à fait exempt des défauts des phraseurs. La réserve élégante de sa partenaire ne veut pas dire qu'elle peine à l'égaler. Elle est le secret, elle est « le reste », dont l'immensité l'emporte infiniment sur la substance sclérosée des discours et des attitudes répertoriées.

Plusieurs commentateurs de ces échanges ont ajouté à leur étrangeté en imaginant que la femme du couple pourrait être aveugle. Elle recueillerait les hypothèses et les dégorgements de son compagnon dans sa nuit. Cet empêchement ou cette qualité lui vaudrait une qualification particulière pour évoquer le pouvoir créateur du hasard : la déesse grecque *Tyché* puis son avatar romain *Fortuna* n'étaient-elles pas souvent représentées les yeux bandés ? Le livre cultive bien cette ambiguïté en multipliant les oppositions entre le clair et l'obscur : notamment les épanchements de sperme blanc, « crème de vie » dit le texte, sur les paupières closes ou les yeux incapables de l'aimée.

La billevesée la plus farce, reprend le conteur en se dégageant quelque peu des bras de sa partenaire pour la laisser rire plus aisément, c'est à la philosophie qu'on la doit. Dans *Le Banquet*, le prestigieux Platon fait exposer par le non moins célèbre Aristophane une histoire de la différence sexuelle et une théorie du désir qui laissent pantois. Avant d'en venir à ces développements, le professeur sans toge et sans slip glisse qu'il vaut la peine d'en considérer la forme. On ne se souviendrait pas assez des origines rocambolesques de ce que nous tenons trop facilement pour des savoirs. Aux corps nus des amants il faut ajouter des cultures pour en faire des humains, mais, dans les cartables des pédagogues, que de bêtises mêlées à des trésors ! Aux références académiques nous associons des images de nobles enseignants déjà statufiés, d'austères bibliothécaires ; quand nous devrions souvent penser à des confidents amicaux, à des plaisantins prêts à rire ; voire à des filous, experts en poudre aux yeux ou en solutions criminelles. Descartes, dont les Français font un parangon de rationalisme, aurait selon son biographe en soutane reçu la vision de sa célèbre « méthode » par l'intermédiaire de trois rêves. Il ouvre lui-même son célèbre *Discours* par deux phrases pour le moins troublantes, qui posent que « le bon sens est la chose du monde la mieux partagée » et que cette affirmation est donc suffisamment prouvée si chacun sent que c'est vrai... On retient ses idées sur la conscience et la pensée, sur le calcul analytique, mais on oublie qu'il a également soutenu mordicus la matérialité de l'âme. Ses « démonstrations » de l'existence de Dieu sont un summum de tautologie et finalement d'esbroufe.

Rousseau n'a pas été que le démocrate solitaire que la postérité a voulu retenir : il s'est fait dans *Le Contrat social* le théoricien de la Terreur à venir et du stalinisme à suivre, prévoyant entre autres douceurs la mort pour tout contestataire de l'ordre politique ; avant de devenir fou et de déposer son dernier manuscrit sur l'autel de Notre-Dame pour être au moins reconnu de Dieu et du Roi, sinon de ses semblables...

Le Banquet joue la carte de la proximité, de la familiarité, ce qui pourrait ne pas être inconvenant pour débattre de l'amour ; mais le texte bascule vite dans des propos d'ivrognes, de surcroît tous mâles. Une bande d'amis discute en vidant force coupes. On les imagine les joues rouges, vautrés sur des couches tachées, ou par moments saisis de nausées. Et chacun de conter ce qu'il a entendu dire de tel autre, qui lui-même l'avait recueilli de la bouche d'un troisième, etc. Au demeurant, avant de faire tourner la parole entre les convives, le récit s'est déjà donné la couleur d'une rumeur : Apollodore rapporte à un ami ce que lui a confié Aristodème qui avait par hasard rencontré Socrate le jour de la fête, lequel l'avait invité à l'accompagner... C'est là assurément une juste observation : tout notre savoir académique est fait d'une accumulation de commentaires en abyme sur de premiers axiomes aux auteurs moins certains. La pratique du « copié/collé » n'est pas une invention des adolescents du troisième millénaire ; les thèses universitaires truffées de citations n'ont jamais rien fait d'autre. Toute vérité se perd, toute création se tarit dans ce jeu de renvois. Un personnage féminin fait même son apparition dans la confrérie désordonnée du banquet platonicien, mais il est virtuel : plutôt que de parler à son tour à la première personne, Socrate fait mine de s'en remettre à ce que lui a un jour appris la savante Diotime ! L'ensemble est un modèle de confusion intellectuelle, mélangeant constamment les données abstraites, les cas concrets et les notions personnifiées : l'Amour peut se trouver dans la même phrase représenter une Idée avec un « A » majuscule, ou bien l'amour de quelqu'un pour un autre ou pour quelque chose, ou bien encore un dieu dont on commente alors la beauté ou la bonté. Difficile d'imaginer éclairer ainsi un lecteur moderne ! La seule valeur qu'on peut trouver à ce galimatias est d'offrir un aperçu des vasières par où est passé l'esprit humain avant d'accéder à des territoires plus clairs.

Le plus célèbre des exposés que propose l'un des buveurs est aussi le plus invraisemblable. Aristophane soutient que les humains avaient autrefois des corps sphériques dotés de quatre jambes et de quatre bras, qui les conduisaient à se déplacer en faisant la roue. Ils étaient de trois sortes : les mâles, les femelles et les androgynes. Ils sont vigoureux et, comme le premier couple désobéissant de la Bible, ils envisagent de contester le pouvoir des dieux. Zeus décide alors de les affaiblir, plus radicalement encore que son confrère Élohim qui s'en est tenu à les condamner à la souffrance et à la honte : il les coupe en deux, de haut en bas, en séparant l'avant de l'arrière. Mais il compatit à leur monstruosité nouvelle, et il passe commande à Apollon d'opérations de chirurgie réparatrice : les blessures sont recousues, fermées par le nombril ramené en façade de même que les visages et les organes sexuels… Voici l'humanité hétérosexuelle constituée par les moitiés mâles et les restes femelles des androgynes tranchés. Ces malheureux précurseurs du monstre de Frankenstein n'ont qu'un désir, celui de s'unir pour reconstituer l'être complet. Telle est la géniale explication de la sexualité concoctée par le père de la philosophie ! qui n'écrit jamais qu'il ne faut pas la prendre à la lettre. Quelques trivialités trouvent également place dans ce torrent de bizarreries : par exemple, l'identification de la volonté de procréer au désir d'immortalité des parents. Quant aux mâles sphériques originaux, ils donnent, coupés en deux, les homosexuels masculins, dont Platon fait des intellectuels et des gouvernants parfaits puisqu'ils ne perdent pas leur temps à rechercher des femmes. Les demi-boules femelles qui engendrent les « tribades » – les lesbiennes – n'ont droit qu'à une phrase. Le cas des hermaphrodites et celui des transsexuels ne sont pas évoqués.

Sans doute des lecteurs tolérants, respectueux du talent des premiers écrivains, sont-ils tentés de prendre cette folie pour une histoire drôle et troublante, pour une approche métaphorique de la différence sexuelle, à considérer d'un peu loin. Mais tel ne fut pas l'avis des prédicateurs au fil des siècles. Car la Bible juive donnait déjà et la Vulgate chrétienne reprend un conte proche de celui-là : l'histoire d'Adam et Ève, que certains textes kabbalistiques présentent même collés dos à dos avant leur séparation. Ce dédoublement chirurgical d'un être unisexe originel est encore ce que professent aujourd'hui les « créationnistes » de tous les pays, notamment des États-Unis d'Amérique. Les musulmans sont plus prudents : le Coran dit seulement, sans plus de précisions, que Dieu a créé un seul individu qu'il a divisé en deux sexes ; ou bien que, de l'homme originel, il a tiré sa compagne.

S'il est clair que ces récits mènent tout droit à la soumission de la femme, à la primauté du masculin tant en grammaire qu'en société, il est plus difficile de laisser voir et d'écrire que la conception du désir qui en découle reflète une fausse conception du temps et se trouve entachée de relents de racisme. L'amant philosophe s'y emploie dans le livre, tout en s'enivrant des odeurs et de l'altérité de sa compagne. Il s'agit toujours, chez les disciples de Platon comme chez les fils d'Adam, de « revenir » à une unité originelle perdue : c'est une vision fermée de l'histoire de l'univers ; on ne risque pas, dans une telle perspective, de s'ouvrir à la fascinante errance de l'Évolution, au jeu créateur du hasard, à l'attente sinon l'appel d'un avenir inconnu. La différence de l'autre est perçue comme une dégradation, comme un mal qu'il s'agit d'effacer dans une fusion unificatrice. Tandis que l'amour vrai est découverte de la personne aimée, accession au nouveau monde qu'elle incarne ; et au-delà – c'est le plus important – création d'un monde commun aux deux amants ; commun, à travers eux, à toute l'humanité. La rencontre de deux consciences, serait-ce dans l'ivresse d'un orgasme, baptise le réel.

Quelques sages ont donc pu dire, encore qu'avec des mots moins provocants, que l'être de l'univers, le sésame de toute morale – Dieu pour les croyants – sont à chercher, non pas sur quelque nuage, dans une hostie, un étouffant tabernacle, ou dans un lointain Éden, mais sur le visage de l'Autre ; non pas seulement dans son regard, ajoute la *Genèse porno*, mais aussi bien sur sa peau, sur ses muqueuses, dans ses humeurs et ses cris de plaisir.

Alors peuvent naître des outils qui permettent de transcender ces échanges physiques : les langages, par définition collectifs. Certes, « je pense, donc je suis » ; mais je ne peux penser, même seul devant mon miroir, que parce qu'une langue m'en rend capable ; une langue héritée, une langue partagée. Il faut avoir déjà rencontré les autres.

« Avant le *cogito* », cite la belle avant de se retourner, « il y a "bonjour !"

– Point d'orgue, médite le narrateur dans les dernières lignes, qui pourrait faire l'ouverture d'un nouvel ouvrage.

– Mets ta main sur mon sein. Je vais dormir un peu.

*

Le livre se termine sur un recueil de citations, coquines, provocatrices, étonnantes ou pénétrantes, dont on trouvera ci-après quelques extraits (par ordre d'ancienneté).

Ovide (« *L'Art d'Aimer* »)

Quand tu auras trouvé l'endroit ou une femme aime être caressée, n'éprouve aucune honte à t'y attarder. J'aime l'entendre me crier sa jouissance et me demander de m'attarder en elle, de me retenir.

Adaptez vos manières à votre physique, la même posture ne convient pas à toutes. Celle qui a un superbe visage se mettra sur le dos. Celles qui sont fières de leur dos n'hésiteront pas à le montrer. Une petite femme se mettra à cheval sur son homme. Celle qui vaut d'être admirée du buste à la taille se tiendra à genoux sur le lit, la tête légèrement rejetée en arrière. Il y a mille façons de faire l'amour, mais la plus simple, la moins fatigante, c'est d'être couchée sur le côté droit.

Même si la nature t'a refusé la sensation du plaisir, simule, par de feints gémissements, les doux effets de la jouissance. Que les mouvements de ton corps, que tes yeux mêmes donnent le change ; et que tes cris, ton souffle haletant montrent combien tu as joui.

Suivez, mortelles l'exemple des déesses, et ne refusez pas à vos amants le contentement de leurs désirs. À supposer qu'ils vous trompent, que perdrez-vous ? Vos plaisirs vous restent acquis. En prendraient-ils mille ailleurs que rien ne se perd pour vous. À l'usage le fer s'use et la pierre la plus dure s'amincit. La jouissance, elle, est faite pour durer et ne craint pas de s'user.

(Traduction de Joël Gayraud, éditions Mille et une nuits.)

Geoffrey Chaucer (« *Contes de Cantorbéry* »)

La femme du charpentier se fit sauter, trompant la vigilance du mari jaloux. Absalon lui embrassa l'œil d'en bas, et Nicolas a le croupion en feu.

Le Christ, pourtant source de perfection, n'a pas ordonné à tout un chacun de vendre ses biens au profit des pauvres afin de Le suivre et de L'imiter, mais à ceux-là seuls qui visent la perfection. J'avoue humblement de n'en être pas. Je veux consacrer la fleur de mon âge aux œuvres de chair, aux fruits du mariage. Que Jésus nous donne des maris dociles, jeunes, actifs au lit, et la grâce de pouvoir surenchérir.

Marguerite de Navarre, « *Heptaméron* »
Un jeune gentil homme, aagé de XIV à XV ans, pensant coucher avec l'une des damoyselles de sa mère, coucha avec elle-mesme, qui au bout de neuf moys accoucha, du faict de son filz, d'une fille, que XII ou XIII ans après il espousa, ne sachant qu'elle fust sa fille et sa seur, ny elle, qu'il fut son pere et son frere.

Julien Offray de La Mettrie (« *L'Art de Jouir* »)
Plaisir, Maître souverain des hommes et des dieux ! devant qui tout disparaît, jusqu'à la raison même. Que la froide Philosophie se taise pour m'écouter. La volupté, non contente des voies ordinaires, s'ouvre des passages au travers de tous les pores, comme pour se communiquer avec plus d'abondance : semblable à ces sources qui, trop resserrées par l'étroit tuyau dans lequel elles serpentent, ne se contentent pas d'une issue aussi large qu'elles-mêmes, crèvent et se font jour en mille endroits ; telle est l'impétuosité du plaisir. Le voluptueux aime la vie, parce qu'il a le corps sain, l'esprit libre et sans préjugés.

*(« **La Volupté** ») Heureux ceux que la nature a doués d'organes vigoureux ! pour eux tous les jours se lèvent sereins et voluptueux ; pour eux la jouissance est un vrai besoin sans cesse renaissant, et le besoin est le père du plaisir. Mais plus heureux encore ceux dont l'imagination vive et lubrique tient toujours les sens dans l'avant-goût du plaisir ! Examinez leurs yeux et jugez, si*

vous pouvez, s'ils vont au plaisir, ou s'ils en viennent.

Dans le souverain plaisir, dans ces moments divins où l'âme semble nous quitter pour passer dans l'objet adoré, où les deux amants ne forment plus qu'un même cœur, qu'un même esprit animé par l'amour, à force de sentir, on ne sent rien, du moins on ne distingue aucune sensation, on est ravi, transporté, et ces transports sont les seuls éloges dignes de la beauté.

Daniel Defoe (« *Moll Flanders* »)

Il parut hors de doute que la vieille dame était la propre mère de sa bru et que, par conséquent, son fils était le propre frère de sa femme.

Je ne pouvais avec aucune patience supporter la pensée de partir sans me faire connaître à mon vieux mari (mon frère) ou à mon enfant (son fils). Seulement j'aurais bien voulu le faire sans que mon nouveau mari en eût connaissance ou sans qu'ils eussent connaissance de lui.

John Cleland (« *Fanny Hill* »)

Alors ma gorge nue, qu'une respiration embarrassée et mes soupirs brûlants faisaient lever, offrit à ses yeux deux seins fermes et durs tels qu'on se les peut figurer chez une fille de moins de seize ans, nouvellement arrivée de la campagne et qui n'avait jamais connu d'homme. Il tira l'engin ordinaire de ces sortes d'assauts et le poussa de toutes ses forces, croyant le lancer dans une voie déjà frayée. Il revint à la charge ; mais il mit auparavant un couple d'oreillers sous mes reins pour donner plus d'élévation au but où il voulait frapper. À la fin, les barrières délicates ayant cédé à de violents efforts, il pénétra plus avant. Le cruel, en cet instant, ne se possédant plus, se précipite avec ivresse ; il déchire, il brise tout ce qu'il rencontre et, couvert et fumant de sang virginal, il parvient au bout de sa carrière. Quelques moments après, quand j'eus repris mes sens, je me trouvai au lit toute nue entre les bras de mon adorable meurtrier.

Denis Diderot *(« Suite de l'Entretien »)*

(La chasteté) *« Pourriez-vous m'apprendre quel profit ou quel plaisir la chasteté et la continence rigoureuse rendent soit à l'individu qui les pratique, soit à la société ? – Ma foi, aucun. – Donc, en dépit des magnifiques éloges que le fanatisme leur a prodigués, en dépit des lois civiles qui les protègent, nous les rayerons du catalogue des vertus, et nous conviendrons qu'il n'y a rien de si puéril, de si ridicule, de si absurde, de si nuisible, de si méprisable, rien de pire, à l'exception du mal positif, que ces deux rares qualités. »*

(La masturbation) *« Eh quoi ! parce que les circonstances me privent du plus grand bonheur qu'on puisse imaginer, celui de confondre mes sens avec les sens, mon ivresse avec l'ivresse, mon âme avec l'âme d'une compagne que mon cœur se choisirait, je m'interdirai un instant nécessaire et délicieux ? La nature ne souffre rien d'inutile ; et comment serais-je coupable de l'aider, lorsqu'elle appelle mon secours par les symptômes les moins équivoques ? Ne la provoquons jamais, mais prêtons-lui la main dans l'occasion ; je ne vois au refus et à l'oisiveté que de la sottise et du plaisir manqué. »*

(La zoophilie) « Tout ce qui est ne peut être ni contre nature ni hors de nature. – Que pensez-vous du mélange des espèces ? – Votre question est-elle de physique ou de morale ? – De physique, de physique. On réduira difficilement un homme à brouter. – Mais non à prendre souvent du lait de chèvre, et l'on amènera facilement la chèvre à se nourrir de pain. J'ai choisi la chèvre par des considérations qui me sont particulières. – Vite, vite, docteur, faites-nous des chèvre-pieds (des satyres). Ce seraient d'effrénés dissolus ? – Je ne vous les garantis pas bien moraux. Avez-vous vu au Jardin du Roi, sous une cage de verre, cet orang-outan qui a l'air d'un saint Jean qui prêche au désert ? – Oui, je l'ai vu. – Le cardinal de Polignac lui disait un jour : "Parle, et je te baptise." »

Giacomo Casanova (« *Histoire de ma vie*)

Une demi-heure après M. de Richelieu me demande laquelle des deux actrices me plaisait davantage pour la beauté. « Celle-là. – Elle a des vilaines jambes. – On ne les voit pas, et après, dans l'examen de la beauté d'une femme, la première chose que j'écarte sont les jambes. »

« Restez, c'est fini. Voyez sur ce mouchoir le sûr indice de mon plaisir. – Qu'est-ce que cela ? – C'est la matière qui placée, dans le fourneau qui lui est propre, en sort après neuf mois mâle ou femelle. – J'entends. Vous me contez cela d'un air d'instituteur. Dois-je vous remercier de votre zèle ? – Non, je n'aurais jamais fait ce que j'ai fait, si je n'étais devenu amoureux de vous au premier moment que je vous ai vue. – Vous m'avez fait faire en moins d'une heure un voyage que je ne croyais possible de finir qu'après le mariage. »

Nous dormîmes sept heures qui furent précédées, et suivies de deux de caresses. Nous nous levâmes à midi, amis intimes. Rosalie me tutoyait, elle s'était accoutumée au bonheur, elle me mangeait de baisers. Et dans la vie rien n'étant réel que le présent, j'en jouissais, rejetant les images du passé, et abhorrant les ténèbres du toujours affreux avenir, car il ne présente rien de certain que la mort, « terme de toute chose » (Horace, Épîtres).

À la moitié du voyage l'enfant pleura ; il voulait du lait ; la maman découvre vite un robinet couleur de rose qu'elle n'est pas fâchée que j'admire, et je lui approche le poupon, qui rit de ce qu'il va manger et boire en même temps. Je convoitais le respectable tableau, ma joie était visible. Le joli rejeton rassasié s'en détache, je vois la blanche liqueur qui poursuit à ruisseler. « Ah ! madame. C'est un meurtre ; permettez à mes lèvres de cueillir ce nectar qui me mettra au nombre des dieux, et ne craignez pas que je vous morde. » (Dans ce temps-là j'avais des dents.) Je me suis nourri à genoux regardant la comtesse mère et sa sœur qui riaient paraissant avoir pitié de moi. Insatiable de faire rire, j'ai demandé à Clémentine si elle avait le courage de m'accorder la même faveur. « Pourquoi non, si j'avais du lait ? – Vous n'avez besoin que d'en avoir la source. Je penserai au reste. »

J'ai vu à Madrid l'image d'une Sainte Vierge qui avait l'Enfant Jésus à la mamelle. Son sein découvert, supérieurement peint, brûlait l'imagination. La chapelle était toute la journée remplie d'hommes dévots qui allaient adorer la mère de Dieu, dont la figure n'était peut-être intéressante qu'à cause de sa belle gorge. À la porte il y avait toujours une quantité d'équipages et un soldat avec la baïonnette au bout du fusil pour entretenir le bon ordre et empêcher les disputes entre les cochers, car il n'y avait pas de seigneur roulant en voiture qui passant devant ce saint lieu n'ordonnât d'arrêter pour descendre et aller, quand ce n'aurait été qu'un moment, faire hommage à la déesse et contempler « les bienheureuses mamelles qui ont allaité le Fils du Père Éternel » (Nouveau Testament, Luc).

Le lendemain on vint m'offrir plusieurs filles sans même me les faire voir. « Mais où donc est-elle ? disais-je au concierge. – À quoi sert la voir au visage, quand on vous assure qu'elle est pucelle ? – Apprenez que ce qui m'intéresse est le visage. »

Sans la parole le plaisir de l'amour diminue au moins de deux tiers.

Plus j'avançais en âge, plus ce qui m'attachait aux femmes était l'esprit. Il devenait le véhicule dont mes sens émoussés avaient besoin pour se mettre en mouvement.

Le plaisir que j'ai ressenti lorsque la femme que j'ai aimée m'a rendu heureux fut certainement grand, mais je sais que je n'en aurais pas voulu si pour me le procurer j'eusse dû m'exposer au risque de devenir enceint. La femme s'y expose après même qu'elle en a fait plusieurs fois l'expérience : elle trouve donc que le plaisir vaut la peine. Je conviens cependant que je signerais à renaître non seulement femme, mais brute de quelconque espèce ; bien entendu avec ma mémoire, car sans cela ce ne serait plus moi.

Mister Stein arriva que nous étions aux huîtres. Il embrassa sa fille à reprises avec toute la tendresse anglaise ; elle est particulière à la nation. « Je sens que je te mangerais », dit l'Anglais en baisant son enfant ; et il dit la vérité. Le baiser n'est autre chose qu'une expression de l'envie de manger l'objet qu'on baise.

Sophie toute riante se cacha sous la couverture quand elle me vit paraître ; mais d'abord que je me suis jeté sur le lit près d'elle, et que j'ai commencé à la chatouiller, elle mit dehors son minois, que j'ai couvert de baisers, et je me suis servi des droits de père pour voir entièrement comme elle était faite partout, et pour applaudir à tout ce qu'elle avait, qui était encore très vert. Elle était très petite, mais faite à ravir. Pauline me vit lui faire toutes ces caresses sans me supposer l'ombre de malice, mais elle se trompait. Si elle n'avait pas été là, la charmante Sophie aurait dû éteindre d'une façon ou de l'autre le feu que ses petits charmes avaient allumé dans son papa.

David Herbert Lawrence *(« L'Amant de Lady Chatterley »)*

Le torse blanc de l'homme lui était apparu, si beau : comme il s'épanouissait dans ce sombre décor ! Corps divin, ferme, ondoyant et soyeux, blanc. Telle l'arche blanche de la vie, il se tenait là, penché au-dessus de l'eau. Oui, tout cela était à ses yeux, et bien qu'elle s'en défende, de l'ordre du divin.

Alors ses mains la cherchèrent aveuglément, la cherchèrent et l'atteignirent sous son vêtement, là où elle était lisse et chaude. « Ma petite, murmura-t-il en patois, ma petite fille ! ne nous battons pas ! ne nous battons jamais. Je t'aime, j'aime te toucher ! Ne discute pas avec moi. Non, non, non ! Soyons ensemble. »

Et tandis qu'elle fondait si merveilleusement petite entre ses bras, il la trouva infiniment désirable, toutes ses veines s'embrasèrent d'un désir intense mais tendre, désir d'elle, de sa douceur, de la pénétrante beauté qu'il étreignait, et qui lui imprégnait le sang. Avec douceur, il effleura la soyeuse courbe des reins, descendit plus bas, jusqu'entre les fesses douces et tièdes, s'approchant insensiblement du plus vif de sa chair. Et elle l'éprouvait comme une flamme de désir, mais une flamme tendre, dans laquelle elle se sentait fondre. Elle s'abandonna.

Elle sentit le pénis dressé contre elle, s'imposant avec une incroyable force de silence, et elle s'abandonna à lui. Elle se rendit avec un frisson pareil à la mort, complètement ouverte.

*(« **Matinées mexicaines** ») Dieu n'est pas specta-teur. Le seul Dieu qui soit est sans cesse impliqué dans le drame miraculeux et contradictoire de la création. Dieu est en quelque sorte noyé dans la création, et ne peut en être ni séparé ni distingué.* (Traduction de Thérèse Aubray, Librairie Stock.)

*(« **La fille perdue** ») Malgré tout ce que la vie peut réserver, malgré les horreurs dont les hommes sont responsables, le monde est merveilleux, magique, un lieu digne de tous les émerveillements, totalement stupéfiant.* (Traduction de Hélène et Roland Alix, Nouvelles éditions Oswald.)

NYX

C'était une très belle fille, aux cheveux et aux yeux aussi noirs que son nom. Encore déchiré de désir, de souffrance, de rage, je ne veux plus me souvenir du patronyme que portait sa carte d'identité. Un dimanche sans heures, alors que nous étions restés au lit, enlacés, nus, lèvres contre lèvres, jusqu'à la fin de l'après-midi, elle m'avait chuchoté entre deux gémissements : « Tu m'appelleras *Ténèbre*. Il y a bien des *Aurore* ? » Sur le moment, je n'ai rien entendu d'autre dans cette confidence qu'une fantaisie poétique. Nous n'avions pas ouvert les rideaux, la douce obscurité qui régnait dans la chambre pouvait suffire à justifier ce caprice d'amoureuse sans lui prêter quelque écho plus inquiétant ou plus métaphysique. « Ténèbre », j'ai tout de suite adoré le mot devenu nom, la musique de son énonciation plusieurs fois répétée, le graphisme de son paraphe imaginé sous mes paupières closes. Je me suis laissé submerger par le plaisir d'être le seul dépositaire, le seul utilisateur de ce sésame secret, déclenchant l'ouverture d'une caverne paradisiaque entre deux jambes d'or.

Dès ce premier jour, je l'ai rejointe et confortée dans son rêve, sans pouvoir deviner qu'il ne s'agissait pas d'une fiction. Elle ne m'avait encore rien dit. Il a fallu que je la perde pour mesurer l'ampleur de ce livret d'opéra. Peut-être ai-je commencé par jouer au pédant de sacristie en citant de mémoire les premières lignes de la Genèse biblique : « *La Terre était encore déserte et vide, il y avait des Ténèbres au-dessus de l'Abîme.* » Je voulais être gentil, la placer sur une stèle à l'origine de tout. Elle a accepté l'hommage mais en revenant à la culture grecque qu'elle ne perdait jamais une occasion d'honorer pour son culte de la beauté. Ténèbre est ethnologue et « géographe des arts », selon sa propre expression. Elle avait déjà couru l'Afrique et l'Amérique centrale avant notre rencontre. Si nous dormions de préférence chez moi, c'était en partie parce que les statues guinéennes ou guatémaltèques accrochées aux murs de son appartement me faisaient un peu peur. En Europe ses admirations s'arrêtaient après Phidias et Praxitèle pour ne renaître qu'avec Picasso et Giacometti. Les innombrables représentations de la Sainte Famille et des souffrances du Christ la fatiguaient. Elle disait que les juifs étaient des amoureux des mots et que les chrétiens eux-mêmes ne représentaient que des concepts. Elle préférait les formes. Elle revendiquait volontiers un certain paganisme, mais « sans pour autant faire fi de la morale ». « Enfin ! » s'était-elle exclamée un jour au musée d'Orsay devant de simples paysages, des arbres, et le fameux sexe féminin peints par Courbet.

Nous sommes des amants tout à la fois séduits et troublés par notre propre désir. N'est-il pas excessif ? en quelque sorte anormal ? Ne sommes-nous pas trop semblables, menacés par des délices inavouables, par des horreurs incestueuses ? Il m'arrive de rêver que nous nous connaissons de toute éternité ; depuis si longtemps que nous ne parvenons plus à différencier nos enfances. Est-ce bien Ténèbre qui fut cette nageuse longiligne, championne de tous les concours scolaires ? Il me semble que je sens l'eau me caresser les cuisses ; que c'est mon cuir chevelu que picote une onde de fierté à l'annonce des résultats. Lorsque je la rejoins dans la cabine où elle se rhabille, je jouis autant de pénétrer son vagin d'or rose que de me sentir tapissé de sperme chaud. Est-ce moi que ma mère a tant aimé caresser des lanières d'un martinet ? Viens, mon amour, que je calme à coups de langue la rougeur de tes mollets… Rires, halètements. Couleurs des confitures sur les joues de l'un ou de l'une ; goût des fruits et du sucre sur les lèvres de l'autre. Comment ? il est huit heures ? Je vais être en retard, il faut que je me sauve.

Sous sa nouvelle identité, Ténèbre s'intéresse beaucoup à la biologie. J'adore ces heures de demi-sommeil, lorsque son corps repose contre le mien ou même sur le mien car elle m'escalade souvent, son dos sur ma poitrine, les yeux au plafond, et qu'elle me raconte la naissance de l'univers, la saga de cette vie qui nous a faits ce que nous sommes et qui nous offre tant de plaisirs. Je cale ma verge dans le sillon brûlant de ses fesses, et j'écoute. Elle dit que le sexe est le tabernacle où s'entretient le feu du réel. En faisant l'amour nous perpétuons le mystère qui a produit ce monde. Rien de bestial, c'est le summum de la spiritualité ; et de la physique aussi bien ; de la géométrie. Ce qu'ils appellent Dieu. Ils aiment dire qu'Il se cache. Eh bien c'est là, dans le lieu et à l'instant où l'esprit défaille : dans le corps, dans l'effondrement du coït, qui ramène avant la conscience, avant leur Genèse.

Je me blottis dans l'abri de son aisselle :

« Parle-moi de ton pays natal, lorsque tu flottais au-dessus des eaux…

– La formule *Big Bang* appelle l'image d'une explosion éblouissante. Mais c'est faux. La lumière a dû attendre 380 000 ans avant de parvenir à s'arracher aux forces de gravitation. Avant, il n'y a que du noir, une sorte de fœtus de l'univers qu'on a du mal à se représenter. Pour les cancres que nous sommes, c'est la lumière qui, en s'élançant, crée l'espace. Zéro pointé.

– Est-ce qu'il y a un rapport entre cette obscurité primordiale et le mystère invisible qui bride aujourd'hui encore nos connaissances : cette "matière noire", cette "énergie sombre" qui sont indispensables aux théories des physiciens mais qui manquent dans leurs télescopes ?

– On ne sait pas. C'est peut-être un abus de

vocabulaire, mais peut-être pas. Nous sommes avant les mots "exister" et "savoir". Ce qui est essentiel est noir… C'est la lumière qui nous aveugle. Si on veut découvrir les étoiles, il faut attendre le soir, que s'ouvre le rideau du ciel. Ce que les Grecs avaient compris. L'Élohim judéo-chrétien a fait écran devant *Nyx*, comme les néons des villes devant la Voie lactée.

– Connais pas !

– C'est la déesse de la nuit, qu'il faut entendre comme bien autre chose que les brèves absences quotidiennes du soleil. Nyx, c'est la Nuit du monde, la Ténèbre originelle : non pas un vide antérieur à toute Création mais un premier état de ladite Création ; quand « quelque chose » s'annonçait mais ne s'était pas encore pleinement substitué à « rien » pour empêcher Leibniz de dormir. Nyx est la mère du réel, comme l'inexistence précède l'être à venir. Elle émerge avec son frère *Érèbe* du Chaos primordial. À la différence d'Adam et Ève dont la Bible tait la consanguinité pourtant maximale, cet autre couple s'avoue sur le champ incestueux. Il copule et engendre deux descendants qui les contredisent en déployant le monde lumineux : *Éther*, l'espace lointain, la haute atmosphère ; et *Héméra*, le jour. »

La suite vaut le début. Nyx se débarrasse de son inquiétant frérot, et donne seule naissance, comme une autre Vierge future, à *Moïra* la Destinée, bientôt multipliée en une trinité de *Moires*, tisseuses de la vie des hommes et des dieux ; à *Charon*, le Nocher des Enfers ; à *Géras*, la Vieillesse ; à *Philotès*, l'Amour sexuel ; à

Momos, le Sarcasme ; à la Tromperie, *Apaté* ; à la Ruse, *Dolos* ; à *Moros,* le Sort ; à *Oizès,* la Misère ; à *Hypnos* le Sommeil, accompagné des mille *Oneiroi* des Songes, au nombre desquels le célèbre *Morphée* ; à *Thanatos,* la Mort. Je me souviens de mon exclamation devant ce tableau de famille détaillé par ma Ténèbre à moi : « N'en jetez plus ! » ; et de sa réponse : « Avec un tel commando, on peut faire un monde qui ressemble au nôtre. Au demeurant, ce n'est pas tout. Selon d'autres sources, Nyx serait aussi la mère des *Hespérides,* gardiennes des pommes d'or ; de *Némésis,* la Vengeance et la Justice divine ; des *Érinyes,* divinités persécutrices ; des *Kères,* les Esprits des morts violentes ; d'*Éris,* la Discorde ; de *Lyssa,* la Colère ; d'*Hécate,* la Sorcellerie ; du *Styx*, l'un des fleuves des Enfers... C'est moins gai, mais ces sujétions, ces cauchemars, ont bien aussi leur part dans nos vies.

— Avec laquelle de ces sirènes suis-je en train de faire l'amour ? lui ai-je demandé en la reprenant dans mes bras.

— J'ai moins cherché ailleurs. Mais il existe des effigies voisines dans d'autres mythologies, comme *Nott* chez les gens du Nord ou même *Kâlî* en Inde, que les Hindous l'appellent "la Noire".

» *Poète, prends ton luth,* m'a-t-elle alors soufflé dans l'oreille en guidant mon sexe vers le sien,

et me donne un baiser ;

Le printemps naît ce soir, les vents vont s'embraser ;

Ce soir, tout va fleurir : l'immortelle nature

Se remplit de parfums, d'amour et de murmure,
Comme le lit joyeux de deux jeunes époux.
Mon sein est inquiet ; la volupté l'oppresse,
Et les vents altérés m'ont mis la lèvre en feu.
    – *La Nuit de Mai* de Musset ?…

    – … l'un des seuls écrivains occidentaux à avoir chanté le pouvoir créateur de la nuit, à l'inverse des innombrables adeptes du "soleil noir de la mélancolie" : Nerval, Hugo, Céline… Il faut regarder vers l'orient pour repérer des échos voisins comme l'*Éloge de l'ombre* de Junichirô Tanizaki. Les humains d'autrefois craignaient davantage la lumière qu'ils ne l'adoraient au fond de leurs grottes, derrière leurs petites fenêtres ou leurs *shôji* de papier. Les dermatologues d'aujourd'hui auraient plutôt tendance à leur rendre raison. »

Ténèbre, mon amour improbable et vrai. Il lui arrive de prendre des comparaisons musicales. Au laboratoire, son maître de recherches ne comprend pas comment elle peut mener des réflexions complexes sur les *xapiris* des yanomamis ou les *dibbouks* des juifs avec des écouteurs plantés dans les oreilles. Je ne la gêne pas davantage en lui tenant un téton comme un diapason pendant son cours théorique.

    « Ouverture très dissonante, dit-elle. Un *tutti* monstrueux, *Bang* !… Et puis une basse de Wagner, tu sais, cette note tenue de *L'Or du Rhin*, avec, par dessus, des   battements de Phil Glass, des stridences de Stravinsky, des bribes mélodiques de Miles Davis ou de

Charlie Parker ; quelques glissandi de Jimi Hendrix ou même des litanies de rap. Déjà, dans l'agglutination des particules, puis des atomes, des astres, entre une bonne dose de hasard. Quand on touille un mélange de farine et de lait, il est difficile de prévoir comment vont se former les grumeaux.

– Pas de Grand Architecte.

– Mais c'est plus tard, avec les molécules complexes de la vie, que le phénomène devient subtil.

– Intermède dansé dit « des erreurs créatrices ».

– Tu connais déjà.

– Recommence !

– Les espèces vivantes sont programmées pour se reproduire à l'identique. La loterie des rencontres amoureuses et celle de la sexualité n'organisent une certaine variation que dans les limites de chacune d'entre elles : un enfant peut hériter des yeux de son père, des cheveux de sa mère, ou l'inverse ; au demeurant, cette distribution se fait elle aussi au hasard, à l'issue d'une lutte désordonnée de millions de spermatozoïdes dont un seul sera l'élu. Mais ce petit jeu reste confiné dans le giron de l'espèce qui, elle, ne bouge pas. Teint clair ou mat, cancre ou fort en thème, le bébé est un *homo sapiens...*

– Sauf...

– Sauf si se produisent des erreurs dans la réplication du matériel génétique. En général, ces êtres différents sont inadaptés et vite éliminés. Mais il peut arriver qu'émerge un super-héros plus doué…

– … par hasard, puisque c'est une erreur.

– Il n'est peut-être pas « meilleur » en soi, mais il se trouve adapté à l'environnement, plus résistant, et il impose sa nouvelle constitution. S'il se reproduit à son tour, une autre espèce est née, promise à un avenir changé. C'est ainsi que s'est construit notre monde et c'est ainsi que nous sommes apparus : au terme d'une succession de ratés impossibles à prévoir… Tu ne dis pas que c'est dingue ?

– C'est dingue.

– Le hasard est partout, il règne à tous les niveaux. Chacune de nos vies trouve sa voie, rebondit, de rencontre en surprise ; plus encore depuis la raréfaction des mariages arrangés. Et il en va de même pour l'Histoire avec un grand « H », qui ne peut s'analyser avec une certaine logique qu'après coup. *Avant*, personne n'avait prévu que Vercingétorix perdrait à Alésia, que Louis XVI serait exécuté, que Napoléon s'éteindrait misérablement dans une île prison, que le communisme s'écroulerait aussi vite, que le capitalisme mondial trébucherait sur une minuscule affaire d'immobilier américain, que Kadhafi ne finirait pas sous sa tente. Si toute l'économie mondiale est en train de faire faillite ou la démocratie de se généraliser, personne ne saurait dire quel âge nouveau va fleurir… Je t'ennuie ?

– Ça manque de sexe, je préfère la biologie !

– Pour autant, l'éventail des possibilités n'est pas infini, la liberté du hasard est elle-même contrainte par l'irréversibilité du temps : par l'influence progressive, non pas d'un dessein préalable, mais de la réalité déjà là.

La planète ne retourne pas à l'un des états qu'elle a connu dans le passé. Le présent fait des petits, les formes des espèces se contaminent entre elles. C'est pourquoi il est plus juste de parler de réseaux, de pelote embrouillée, que de s'en tenir à une forme d'arbre…

– Ça manque de sexe !

– J'arrive ! L'analogie n'est pas moins belle dans l'autre sens. Chaque rencontre amoureuse d'un seul homme et d'une seule femme précipite le hasard, lance une nouvelle histoire qui relance celle de la Création. On peut même ajouter que, comme ils sont deux à éprouver un trouble, une émotion, une jouissance semblables, ils s'ouvrent à des vérités partagées qui rendent la pensée possible… Il faut être deux pour être certain qu'on pense ; qu'on n'est pas la proie d'un délire.

– Remonte jusqu'à ma bouche, je veux t'embrasser là, d'où sont sortis ces mots. »

Notre bonheur est trop stable, il en devient irréel. Les cascades du temps grondent autour de ce bijou. Des récits inconnus cherchent à s'en emparer comme des spermatozoïdes d'un ovaire. Je ne suis pas de taille. Je ne devine pas que mon héroïque partenaire a enfourché la catastrophe. Elle est sur une crête entre deux avenirs, elle choisit le côté auquel je n'ai pas accès. Un jour, le front marqué d'une ecchymose dont elle ne veut pas parler, elle murmure :

« La plage noire du passé est également devant. Les ténèbres, géniteurs de la lumière. »

Puis, en se redressant, à cheval sur mon cou, elle lâche :

« Je vais partir.

– Oui ? »

Je ne mesure pas encore ce qu'elle dit. Elle ajoute :

« J'hésite entre l'Islande, la Réunion, Hawaï. Les volcans, le rift, la faille où craque et naît la peau du monde…

– Le sexe de la Terre. Laisse-moi le tien en partant !

– Ou peut-être la Grèce tout de même.

– Tu reviendras ?

– Sais-tu que la plus grande montagne du monde est à Hawaï ? L'Everest ne rajoute que trois mille mètres à sa base himalayenne inondée de soleil. Tandis que le *Mauna Kea* monte de dix mille mètres depuis les abysses noires du plancher de l'océan. »

J'insiste :

« Tu reviendras ?

– Je ne sais pas. Ça dépendra des ténèbres.

– Vois pas.

– N'inverse pas les rôles ! L'aveugle, c'est moi ! »

Elle rit sans s'expliquer davantage. De ses deux index elle me ferme les oreilles, comme pour me signifier que ma part devrait être de ne pas entendre. Elle voudrait ne pas parler, mais elle sait que c'est impossible. Je l'aime. Elle me caresse la joue amoureusement.

« Il m'arrive quelque chose qui change ma vie.

– Tu as rencontré quelqu'un ? »

Elle secoue la tête :

« Quelque chose, pas quelqu'un. Une merveille. J'ai trouvé la porte du noir : je suis narcoleptique ! J'aime le mot, les parrains de Colombie peuvent ranger leur dope, je suis shootée de naissance ! »

Elle rit encore. Je ne sais pas s'il s'agit d'une plaisanterie ou d'une confidence.

« Pense à la manière dont je m'endors au cinéma : non par lassitude à la fin des séances, mais dès le début de la projection, pendant quelque minutes.

– J'adore te voir sombrer, la tête sur mon épaule. Il est vrai que c'est troublant, on dirait une chamane qui s'absente. "Tu as besoin d'oublier le réel avant de basculer dans l'autre monde du film" : c'est ce que tu as trouvé, et cette idée m'a plu.

– C'était un premier signe. Mais maintenant mon cerveau met la barre plus haut, ou plus bas. Depuis quelques mois, de temps en temps, je m'effondre sans préavis. Dans un néant très noir qui ne me laisse aucun souvenir. Et n'importe où : au labo, dans la rue, l'autre jour dans le métro, et hier chez le boucher. Je me suis fait mal au front ! j'ai heurté l'étal en tombant.

– Pourquoi ne m'as-tu rien dit ? Comment peux-tu rire ainsi ?

– Lorsque je me relève, je suis toute fraîche, à l'aube du monde. Les témoins me disent que je reste au sol pendant quelques minutes, mais à la vérité je n'ai aucune conscience de cette durée. Si je ne me découvrais pas moi-même en train de me relever, je n'aurais pas le sentiment de m'être absentée. C'est un voyage hors de l'espace et hors du temps. Qui dit mieux ?

– Il faut consulter !

– C'est fait. J'ai dans la tête une tumeur non cancéreuse ; un diamant noir qui ne se développe pas mais qui peut, par instants, appuyer sur des neurones et me renvoyer au *Big Bang*.

– Il faut l'enlever !

– Je le garde. C'est mon bandeau magique ! un cadeau de Tyché, la déesse grecque de la chance, et de Fortuna la romaine, qu'on représente les yeux bandés. C'est un visa pour un pays très peu visité. J'ai l'impression qu'il y a quelque chose à comprendre, à trouver.

– Dans le noir ? »

Elle approuve silencieusement.

« Il existe un film qui porte ce titre, *Narco* ?

– Oui, mais c'est sans rapport avec ma quête. Le bonhomme qui s'endort rêve pendant ses absences. Comme il est de profession auteur de bandes dessinées, il reproduit au réveil ces aventures inédites dans des planches qu'il se fait voler par ses proches et par quelques gredins. Moi, je ne rêve pas. C'est la clé de ma décision. Le rêve n'est encore qu'une dépendance de l'éveil. Le véritable lieu du nouveau, c'est l'absence, le "peut-être" qui pourrait bien être, le "non-encore". J'y plonge.

– Je coule. Parle-moi.

– À ce *Narco* boulevardier j'ai préféré *My own private Idaho*. Le personnage que joue River Phoenix voit lui aussi quelque chose dans ses phases de sommeil, mais seulement des images très brèves de sa petite enfance, avant que sa mère ne l'abandonne. Sa vie est une errance près d'un trou noir. Au début et à la fin, il s'endort au milieu d'une route toute droite dans une campagne déserte. C'est très beau.

» Et puis j'ai revu *Awakenings*, cette histoire bouleversante tirée d'un cas réel conté par le docteur Sacks, tu sais, ce médecin new-yorkais spécialiste des pathologies bizarres comme celle de ce type qui "prenait sa femme pour un chapeau". Victime d'un handicap cérébral tardif, Robert de Niro est tombé dans un coma sans images, dont le sort soudain un nouveau médicament. Et sa vie repart ou commence, un peu comme la mienne chaque fois que je reprends conscience. Le voici qui rit de nouveau, qui mange, se promène, tombe amoureux…

– Tu me terrifies. Je connais le film. C'est un réveil provisoire. Au bout d'un moment, la drogue devient inopérante. Il meurt de nouveau en quelques mois.

– Tu mesures le privilège ? Mourir plusieurs fois !

– Viens dans mes bras. Je suis fâché.

– C'était mon secret. Maintenant, c'est le nôtre.

– Je t'aime trop. Que vas-tu devenir, si tu ne te soignes pas ?

– Je vais voyager.

– En t'effondrant de temps en temps ?

– Voilà.

– Près d'un volcan ?

– De préférence.

– Qu'espères-tu trouver si tu n'as aucune conscience ?

– J'ai rendez-vous avec la Terre, avant le premier jour. Avant la conscience justement.

– Je te croyais scientifique. C'est une druidesse que j'étreins.

– Une danseuse, plutôt. Je m'avance radieuse, la main dans celle de Nyx. Je veux m'offrir cette errance. Je vais partir. Seule. Au hasard. »

Nous avons refait l'amour, plus délicieusement, plus chaudement que jamais. Nos corps, nos sexes, nos peaux, nos humeurs fonctionnaient à merveille. Nous éprouvions toute cette machinerie comme de fabuleux cadeaux, et la conscience que nous en avions en était un de plus. J'espérais que son handicap la terrasserait entre mes bras, je voulais la connaître déesse. Pour tenter de la rejoindre, je tenais misérablement les yeux fermés. Je rêvais de devenir à mon tour l'un de ces « enfants de la nuit », *xerodema pigmentosum,* qui ne peuvent sortir que le soir, une fois le soleil couché…

Les miracles n'ont pas eu lieu. Je ne les méritais sans doute pas, je suis en trop bonne santé. Elle a effectivement disparu. Je ne l'ai jamais revue. Les journaux islandais, hawaïens, réunionnais, n'ont jamais parlé d'elle.

Elle est endormie, posée sur des lichens et des roches dans une toundra secrète, sous une brume chaude libérée par des failles monstrueuses. Des ruisseaux de lave dessinent autour d'elle une broderie flamboyante. *« Les vents vont s'embraser, ce soir tout va fleurir... »*

PAR HASARD OU PRESQUE

L'histoire s'ouvre sur une explosion qui fait sursauter les occupants somnolents d'un train de la banlieue parisienne, par un matin d'hiver qu'on peut précisément dater : le lundi 21 janvier 1991, cinquième jour de l'offensive des aviations occidentales contre l'Irak de Saddam Hussein. Le réel hésite. Le communisme que l'humanité entière croyait installé pour l'éternité connaît ses dernières heures. Le Mur de Berlin est tombé, la République Démocratique Allemande a vécu. En Roumanie les époux Ceaucescu ont reçu en retour l'offrande qu'ils réservaient volontiers à leurs frères humains : une rafale de mitraillette. Les bérets noirs du Kremlin mènent encore la vie dure aux nationalistes baltes : ils seraient bien étonnés d'apprendre que la fin de l'URSS sera prononcée avant la fin de l'année. Le dictateur irakien qui vient d'envahir le Koweït ne sait pas qu'il y aura deux guerres du Golfe, la seconde déclenchée par un nouveau président américain, fils de celui qui l'attaque ; qu'il devra se cacher dans un trou à rat ; qu'il sera pendu sous les insultes de ses geôliers. Quel roman !

Un train de banlieue. Un navrant écrin de tôle barbouillé par d'insaisissables hordes de taggers, qui s'est comme chaque matin arraché à 7 h 27 à un quai de la Gare du Nord pour emporter quelques spécimens de l'espèce *homo* abrutis par le manque de sommeil, avachis sur les banquettes lacérés au cutter, vers les steppes exaltantes de Deuil-la-Barre et de Gennevilliers. Seule tache de couleur dans cette grisaille, sur le balcon d'une HLM qui domine la voie ferrée une femme secoue une couette orange que le vent violent redresse à l'horizontale. Après un tel début, on s'attend peut-être à ce qu'une bombe posée par des terroristes fasse entrer cette chenille de métal, de skaï et de chair humaine, dans la grande Histoire ? Mais non, la langue s'est jouée du lecteur : l'explosion annoncée est un éclat de rire !

Un petit bonhomme à barbiche, engoncé dans un manteau qu'il n'a pas quitté malgré l'épouvantable chaleur sèche qui règne dans le wagon, se tord, secoué de spasmes irrépressibles, en malaxant les bords du chapeau et de la lourde serviette posés sur ses genoux. « Ah ! ah ! ah ! », c'est ainsi qu'il est convenu de traduire dans les écrits français cette succession de grimaces et de cris. Ou bien « ha ! ha ! ha ! », « hi ! hi ! hi ! » ; « oh ! oh ! oh ! », « ho ! ho ! ho ! » chez certains auteurs. La crise se prolonge, entraînant des manifestations physiologiques secondaires, toux, début d'étouffement, rougissement des joues et convulsions diverses.

Les autres voyageurs arrachés à leur douloureuse somnolence échangent des regards qui hésitent entre la sympathie amusée, la commisération et l'hostilité, avant de laisser de conserve retomber leurs paupières sur cette saynète sans intérêt. Seuls deux adolescents *beurs* en jogging, les pieds à demi sortis de leurs énormes baskets délacées, continuent de manifester une stupéfaction qui tient de l'admiration. Eux qui avaient ostensiblement allumé des cigarettes dans ce compartiment non-fumeur et qui guettaient avec espoir le moindre signe de déplaisir sur le visage des *céfrancs*, voici qu'ils viennent de se faire voler la vedette par un *keum* à cravate qui ne daigne même pas noter qu'il a des spectateurs ! Cette indifférence superbe renforce le caractère sacré de ces gesticulations grotesques, hors de portée des fourmis et des singes. Est-ce que le monde a commencé ainsi, par l'éclat de rire d'un dieu *ouf* ? Peut-être rêvent-ils aux vers syncopés que pourraient composer sur un tel clip les célèbres rappeurs du groupe *Nique-ta-mère*.

Un rieur s'assure toujours l'avantage du secret sur qui n'est pas dans la confidence. Il a forcément ses raisons, ce vieux bougre, que les gamins jaloux aimeraient connaître. D'autant que les événements se compliquent. Une grimace qui déforme fugitivement les lèvres du rieur, la tache blanche d'un kleenex qu'il sort de sa poche et des brillances suspectes dans ses yeux obligent à revoir les significations jusque là les plus probables de la scène : tous ces indices portent désormais à penser que la naissance de ces larmes a précédé le soubresaut du sternum et que c'est à la vérité une crise de désespoir qui vient de fondre sur le pauvre homme. Loin de pleurer de rire, il s'esclafferait d'angoisse ? L'incertitude étouffe les deux spectateurs ; leurs cigarettes se sont éteintes. Comment déchirer ce rideau, comment lire derrière ce front ? La vie ne leur accordera pas ce que la littérature, elle, permet : suspendre le récit, et remonter le temps.

Pascal Collet, c'est son nom, professe depuis quinze ans la physique et la chimie aux classes de Première et de Terminale d'un lycée d'Argenteuil : mais tout le monde dans l'Éducation nationale l'appelle *Pique*, depuis le jour où un élève à qui il avait demandé la définition exacte du gramme lui a opposé sans autre commentaire la réponse : *« Pique-et-pique-et-collet-gramme ! »* Inexplicablement, le récit de l'incident a fait le tour de l'établissement, puis de la ville, de la région, du pays. Un inspecteur lui a même affirmé que son dossier au ministère porte au-dessous de son nom la mention manuscrite « dit Pique ». Malgré ce poste en banlieue, il habite au Quartier Latin, dans un modeste appartement qu'il avait acheté avec son épouse Liliane à l'époque de leur arrivée dans la région parisienne : rue de l'Échaudé, adresse qu'il fait systématiquement suivre d'un « ça ne s'invente pas ! » lorsqu'il doit la décliner, sans qu'il ait lui-même jamais compris ce qu'il entendait exactement par là. Tous les matins, il se lève vers 6 heures, et il gagne par le métro la Gare du Nord où il prend le train de

7 h 27 : à rebours du flot principal des travailleurs qui rejoignent la Capitale.

Une heure avant l'éclat de rire, on trouve donc Pique attablé dans sa cuisine devant un triste bol de café noir et le premier journal de *Télématin*. Il n'a jamais débranché du récepteur le casque dont il se coiffait pour ne pas réveiller Liliane, lorsqu'elle dormait dans la pièce voisine. Mais la traîtresse est partie six mois plus tôt avec ce crétin d'Allison Sutter, un gigolo maniéré employé dans une galerie d'art de la rue de Seine, dont les yeux bleus et le teint hâlé l'avaient éblouie : un Américain ! un comble pour une ancienne communiste. « Mon ami », a-t-elle écrit à Pique dans un billet qu'il a trouvé posé sur le lit en rentrant du lycée, « je ne me rendais pas compte que depuis des années nos discussions me flétrissaient. La vie, c'est aussi autre chose. Nous ne faisions plus l'amour. Je veux donner à ma peau une chance de rajeunir. Je m'en vais, comme on prend rendez-vous dans un institut de beauté. Je t'embrasse tendrement en souvenir du passé. » Cette lettre, son destinataire a hésité à lui trouver une suite et un classement : répondre ? ne pas répondre ? la laisser dans un tiroir entre une facture d'électricité et un message de *PayPal* ? la ranger dans un classeur neuf ? Il a d'abord choisi le silence et l'inaction en se moquant intérieurement de cette tragédie ridicule qui a au moins le mérite de le laisser enfin « échaudé » pour de bon. Puis, un matin, il a méthodiquement déchiré la feuille auprès de laquelle il dormait depuis plusieurs nuits. Et il a mangé un à un les morceaux comme des hosties sataniques. On aurait dit une messe noire.

Des petit-beurre ramollis, une toile cirée râpée, une éponge qui sent l'eau de javel, la télévision. Entre le présent de la guerre du Golfe et le souvenir de sa femme : c'est assez exactement définir le point où se trouve présentement Pascal Pique, un petit prof de cinquante-deux ans qui a encore mis trop de café dans le filtre et qui pense au premier cours qu'il va donner à des garnements aussi agaçants qu'attachants sur la chimie des hydro-carbures.

Il lui arrive aussi de participer à quelques semi-naires organisés par le Ministère ou de répondre à des sollicitations de sa loge maçonnique lorsqu'elle propose des cycles d'exposés. Quelques semaines plus tôt, il a prononcé une conférence publique sur l'origine et le développement de l'univers, au titre passablement énigmatique : *Par hasard ou presque.* Les derniers chu-chotements de l'auditoire s'éteignirent dès ses premiers mots, lorsqu'il avança, avec des gestes de prestidigitateur montrant que son chapeau est vide, que seule une infime « fluctuation » avait suscité l'apparition de l'énorme lapin du *Big Bang.* Les rires couvrirent une question formulée à voix trop basse par un enfant sur « ce qu'il y avait avant ». La deuxième phase de son exposé était plus simple et moins provocatrice : pour évoquer les premiers regroupements de particules, il pouvait utiliser l'analogie des grumeaux dans une pâte à crêpes dont la formation est certaine mais le détail imprévisible. Quelques sourires de connivence lui permirent alors de réussir un passage en force sur un point qu'il redoutait particulièrement : glisser de la coïncidence spatiale entre les creux et les bosses à l'apparition de grosses molécules capables de se reproduire, par « redoublement de la copie » ; à l'exemple de la multiplication d'une statue en passant par un moule. La suite était spectaculaire mais finalement moins ardue. Il devenait concevable, encore que difficile à admettre, que « seules des erreurs favorables permettent de transformer des réplications en inventions, par exemple des nageoires de poissons en pattes de reptiles ».

La salle frémissait à l'écoute de ces paradoxes. Qu'étaient devenus dans cette friche désordonnée l'espoir d'un progrès contrôlé, la raison des philosophes, « le bon sens également partagé » de Descartes ? Le conférencier avait gardé une bombe en réserve pour estourbir son auditoire majoritairement athée. Le terrain était dégagé, personne n'avait mentionné la Genèse biblique. La stupeur se fit donc générale lorsqu'il expliqua en conclusion que les kabbalistes, croyants parmi les croyants, se sont eux aussi demandé pourquoi le Dieu qu'ils adorent, Être total absolu, omniscient et tout puissant, a éprouvé le besoin de créer quoi que ce soit, surtout un monde aussi imparfait. Sa Splendeur et Sa Plénitude auraient dû lui suffire. Ils ont alors imaginé ou peut-être bien constaté que « le Bonhomme ou le Machin » (sic) s'est absenté pour faire place à l'univers. Ils appellent *tsimtsoum* ce retrait du Créateur. Rumeur, rires, applaudissements : un gag sonore, presque grotesque, nommait le plus grand mystère de l'univers. Les responsables de la loge organisatrice se préparaient déjà à recevoir un nombre élevé de demandes d'initiation.

Lundi 21 janvier 1991. Un Pascal d'opérette ou de tragédie. Des souvenirs durcis, la gueule béante du présent. Faut-il parler de Liliane qui paraît s'être définitivement retirée de ce récit ? Sans doute, parce qu'elle était plus que sa moitié : un autre lui-même. Quand ils étaient d'avis différents il savait ce qu'elle pensait, et il finissait par ne plus trop repérer laquelle des deux positions était la sienne. Il n'est pas jusqu'à son sentiment pour Sutter qu'il n'ait compris et presque partagé : il est beau, ce cow-boy, il porte encore l'idée d'un Nouveau Monde.

Pourtant, leurs adolescences respectives ne laissaient guère deviner leur couple à venir. Pascal était originaire d'une paroisse bretonne du Bas Léon dans laquelle les prêtres faisaient encore régner, en ce mitan du siècle, une étouffante atmosphère de censure morale. Les bals étaient interdits, qu'il fallait aller chercher dans les villages voisins avec la réconfortante sensation de se damner et d'aggraver son cas chaque samedi soir. Seule la pénombre nécessaire à la projection de films dans une salle de patronage permettait aux jeunes gens d'échanger quelques caresses lorsque le surveillant en soutane tournait la tête. Cette hypocrisie n'avait pas tardé à peser à Pascal, d'autant qu'il ne pouvait s'en ouvrir à sa grand-mère qui l'élevait depuis que ses parents s'étaient mal séparés et avaient disparu à d'autres bouts de la France : la vieille femme, avec laquelle il formait un couple d'amoureux magnifique, serait morte de chagrin et de honte si elle avait dû prêter des pulsions libertines à son *mabig*, son petit garçon chéri. Le soleil, le salut, l'émancipation du jeune homme s'appelèrent Liliane. Elle était fille d'une famille ouvrière de la banlieue parisienne émigrée à Saint-Nazaire, que les préjugés moraux n'encombraient pas trop et pour laquelle les luttes sociales étaient une tradition naturelle. Ils se connurent dans des *AG* d'étudiants de Nantes, où ils étaient venus l'un et l'autre poursuivre leurs études. La calme audace avec laquelle la jeune fille osait formuler des jugements sur les événements internationaux ne fut pas pour rien dans la séduction qu'elle exerça sur l'adolescent breton, lequel n'avait trouvé jusque là d'autre forme d'engagement politique que, dans son village, après la mort de sa grand-mère, son retrait du comité d'organisation du « pardon de saint Thénénan ».

Ils se fréquentèrent deux ans sans que la retenue de Pascal leur permît d'échanger d'autres privautés que quelques chastes baisers, adhérèrent ensemble au PC tout en se promettant de ne jamais devenir l'un de ces catéchistes dogmatiques ni de ces catéchumènes béats dont leur section était pleine, tombèrent facilement d'accord pour voir dans la Roumanie de Ceaucescu le régime de leurs rêves : folklore populaire et évangile marxiste, solidarité internationale et indépendance frondeuse à l'égard de Moscou pouvaient aller de pair. Ils retinrent leur première union charnelle jusqu'à leur voyage de noces sur les bords de la Mer Noire. Lorsque enfin, une nuit, sur la plage voisine de leur hôtel plus accueillante que la chambre lugubre qui leur avait été attribuée, ils unirent leurs corps meurtris, il parut à Pascal que les visages des camarades Nicolas et Elena leur souriaient entre les étoiles. Puis, pendant le bref sommeil où il chuta dans les bras de son aimée après leur assouvissement, il rêva qu'il défilait en *chupenn* et *bragoù braz*, gilet brodé et pantalon bouffant, devant une statue de Lénine dressée sur la place de Lesneven. Liliane était belle sous sa coiffe.

Ensuite, le temps a fait son travail détestable : en traître, sans avertissements. Ils sont restés tendres l'un envers l'autre, à l'abri de toute dispute. Mais une sorte de brume froide s'est mise à pleuvoir du plafond dans leur petit trois-pièces, un silence qu'ils n'ont jamais analysé a éteint leurs soirées et leurs nuits ; leur porte s'est fermée à leurs rares amis, non par l'effet d'une décision explicite et consciente, mais par oubli, par négligence, puis, dans un deuxième temps, parce que, n'ayant plus l'occasion d'échanger leurs opinions dans des conversations privées, l'idée de laisser deviner par des tiers l'appauvrissement de leur union leur a paru progressivement gênante. Le fameux Sutter, qui avait accepté de donner quelques cours d'anglais à Liliane, est le dernier à avoir pénétré dans leur intérieur, il y a quelques deux ans. Cessant de se toucher, une pudeur ancienne leur est curieusement revenue, qui n'était pas sans fraîcheur. Ils ont de nouveau évité de se montrer nus l'un devant l'autre, inventant avec des émois d'adolescents des manœuvres subtiles pour ne pas se croiser dans la salle de bains. Pascal, qui était en général le dernier à gagner la chambre, a pris l'habitude d'éteindre la lumière depuis le couloir avant de venir se glisser à son tour dans les draps.

Pourtant, cette évocation ne serait pas complète si elle se terminait sur une impression de vide et de tristesse solitaire. En vérité, au fur et à mesure que le silence extérieur gagnait son corps, Pique a dû subir et bientôt accueillir l'assaut de myriades de rêves de plus en plus massives. Chacune de ses pensées, chacun des événements de sa vie, se sont trouvés doublés, multipliés sur le champ, dans des versions différentes qui auraient pu lui advenir en lieu et place de ces occurrences réelles. La nuit, il est au cinéma dans une salle au programme plus varié que celui du hangar de son enfance ; il sent le picotement des formidables bataillons d'images qui se déversent sur son visage, qui lui dressent les tétons et le sexe. Il ne sait pas encore si ces Érinyes le guideront vers d'autres vies ou si elles finiront par avoir sa peau.

La guerre. Le journaliste décrit la dernière merveille technologique que vient de produire l'armée américaine : une bombe répand dans l'atmosphère un nuage d'essence qui, lorsqu'on décide plus tard de le mettre à feu, pompe instantanément l'oxygène environnant, étouffant tous les êtres vivants jusque dans les abris, jusque dans les terriers, avant de griller les corps de ceux qui étaient à découvert. Pique avale mal une gorgée de café, s'étrangle, tousse, lâche son bol. Il n'est qu'un pur scientifique, un aventurier de la connaissance. Il n'est pas responsable des usages que d'autres font des hydrocarbures. Bon, il ne peut pas changer les programmes de l'Éducation Nationale, mais il se passera de déjeuner.

Déjà six heures quarante et du café renversé, une enfance enfuie, une épouse disparue, le communisme évaporé, la culture bretonne menacée, des bombes diaboliques ou sophistiquées, un cours à faire, une bonne heure de transport : est-ce que des raisons relient comme des synapses tous ces ganglions de l'espace-temps ? Une dernière information le retient au moment où il s'apprête à éteindre la télévision : l'Unesco va prendre en charge la restauration des quelques rares églises byzantines qui ont échappé à la rage destructrice du maître de Bucarest et de son épouse promue docteur ès sciences par une université avilie. Manquant d'archives, les monteurs de la télévision ont collé au petit bonheur sur le texte du journaliste des images d'origine roumaine, en l'occurrence la bande floue cent fois vue du couple maudit tombant sous les balles de ses remplaçants. Nicolas et Elena, les courageux révolutionnaires, devenus fous ensemble, jetés dans la fosse de l'Histoire. Pique n'a jamais demandé qu'on rase toutes les chapelles de Bretagne ?

Le train tangue, trébuche entre des aiguillages qui paraissent chercher à casser ses essieux. La fuite abstraite des caténaires, la succession des murs grisâtres battus par la vitesse comme les cartes d'un jeu donnent aux fenêtres sales l'allure d'écrans vidéo en attente d'un programme, abandonnés aux fantaisies aléatoires des électrons. Les rêves de la nuit poursuivent la majorité des voyageurs. Les deux adolescents tirent avec application sur leurs cigarettes pour faire le plus de fumée possible. Le nom de l'homme qui va bientôt rire n'est guère plus lisible sur l'étiquette usée qui pend à la poignée de sa serviette. Le corps immobile à l'exception de l'index droit et du sexe taquiné par un léger battement, douillettement lové dans son manteau, la barbiche posée sur le coussin d'astrakan du revers, il s'applique à trouver des lignes parallèles dans les formes de ses membres et les pans de ses vêtements. Puis il redresse la tête. Personne d'autre que lui ne note le signe lumineux de la femme et de sa couette orange, accrochées à la façade grise dans le brouet de l'aube crasseuse ; sinon peut-être les deux loulous dont le sourire peut passer pour un salut ; et une mouette qui incise la faille ferrée, entre l'immeuble et le convoi, de magnifiques paraphes marins.

Pique pose son cartable et soupire. Une révélation et un spasme commencent à rassembler ses idées et ses chairs éparpillées. Un train de banlieue à 7 h 27 du matin, le même que d'habitude, exactement à la même heure ; des voyageurs assoupis ; deux chenapans goguenards ; la science meurtrière et des idéaux détournés ; une nuit de noces au souvenir surchargé d'une histoire ridicule et d'une mer de cadavres : est-ce que tout cela, soudain, n'est pas un peu trop ? Une petite angoisse de passage accrochée à une flamme orange et à deux ailes blanches a fait déborder la coupe. Enseigner la science qui parle de progrès quand elle nous a donné le siècle le plus noir de l'Histoire, qui prétend rendre le monde prévisible quand règne le hasard, quand les hommes préfèrent l'aventure, celle de l'impensé ou celle du crime, à l'ennui de tout plan ? Les larmes montent aux yeux de Pique. Or voici que s'ajoute à cette liste le souvenir d'un incident drolatique qui a conclu la veille la séance de travaux pratiques d'une classe de Première S. Les mesures effectuées par les élèves donnaient des résultats qui ne permettaient pas de vérifier exactement la formule mathématique à laquelle ils étaient censés obéir. Et le professeur de s'épuiser à parler de marges d'erreur propres au dispositif expérimental, voire à l'observation humaine. Ceux qui poursuivraient leurs études en Faculté ou dans une Grande École entendraient même parler de « relation d'incertitude ». Un peu plus tard, tandis qu'il déjeunait avec ses collègues dans le coin du réfectoire réservé aux enseignants, un surveillant vint lui chuchoter à l'oreille que « la salle de TP » avait souffert d'une dégradation insolite. Il fit un bond sans attendre le dessert pour venir constater les dégâts. Sur les quatre murs avait été taguée avec un talent graphique certain la sentence provocatrice *« Pour bien réussir une expérience, il faut tricher. »*

Le train. En un éclair, Pique voit s'annuler sa vie future dans la mortelle répétition de ce trajet et dans ces mensonges trop longtemps tolérés. Jamais les experts du Pentagone, ni les fantômes de Marx, de Lénine, d'Einstein, de Heisenberg, ne sauront quelle déflagration ils ont provoquée à distance dans le cerveau d'un pédagogue, en banlieue parisienne, vers la fin du XXe siècle. On a beau être un quidam discret, peu porté à la moindre forme de singularité, on peut frémir d'horreur devant un tel désastre, tenter de s'arc-bouter contre d'aussi terribles réalités, d'aussi pitoyables illusions, et pleurer les myriades d'autres destins enfuis. Sa décision est prise, sa vie bascule en une fraction de seconde : le cours qu'il va donner tout à l'heure à une classe de Terminale sera le dernier. Peu lui importe qui il sera devenu dans l'après-midi. Peu importe ce qu'il devra inventer pour survivre. Peu importe ce qu'en pensera Elena. Non, Liliane…

Attention ! il va rire ! Et ce n'est pas rien : qu'on imagine la prodigieuse mutation dont son corps doit être le siège pour transformer en éclat le sanglot qui a commencé de lui modeler le diaphragme. Des milliards de molécules vont devoir bouger toutes ensemble comme à la parade. Une catastrophe galactique. Les mêmes muscles qui avaient entrepris de faire courir sur sa peau un petit train de frissons changent de rythme pour lui broyer la poitrine et le faire hoqueter d'hilarité. Les zygomatiques rejoignent la troupe et entrent dans la sarabande. Les larmes qui avaient déjà franchi les bondes de leurs canaux envahissent normalement les yeux, mais elles ne savent plus très bien ce qu'elles veulent dire. *« Elena ! »* La vie de Pique s'effondre comme une étoile morte dans le trou noir de ce lapsus dérisoire. Il pleure, et il s'esclaffe, « ha ! ha ! ha ! ha ! »

Or, des retournements de ce genre, chacun les

réserve en général aux autres. Rien n'est plus drôle pour Pierre que les déboires conjugaux qui valent à Paul d'affreuses et authentiques souffrances qui, s'il devait les connaître lui-même, le mèneraient peut-être au suicide. Toutes les civilisations ont élevé à la dignité de véritable genre comique l'innombrable collection des romans, des pièces de théâtre, des films qui content sur un mode équivoque l'un des plus grands malheurs qui puissent arriver à chacun dans sa vie réelle. Il y a donc, dans cette manifestation spontanée et publique d'autodérision, une forme d'arrachement au cachot de sa condition, un début de libération dans lequel il s'empresse de détecter l'amorce d'un destin nouveau. L'intérêt du malheur, c'est qu'il ne peut qu'annoncer des jours meilleurs ; un minimum laisse deviner d'avance le maximum qui va suivre ; une dépression parle du retour prochain de l'anticyclone. Emmené par le char du rire, Pique fait déjà l'impasse sur son désespoir. Les angoisses vont glisser sur lui comme l'eau sur la peau d'un phoque. Tout est intéressant, même les embûches qui le guettent ! Le monde n'a qu'à bien se tenir.

Le train entre en gare d'Argenteuil. L'ancien professeur se lève et s'approche de la porte du wagon en rectifiant la retombée des pans de son manteau, les yeux encore humides et les lèvres plissées par le sceau rémanent d'un sourire. « M'sieur ! » fait l'un des gamins que son camarade cherche trop tard à faire taire, « vous oubliez votre serviette ! » Ah ! les événements se précipitent ! Quel bel acte manqué ou bien plutôt exact ! Pique récupère son cartable en ricanant de plus belle. Il n'y aura même pas de dernier cours.

En s'avançant entre les arbres torturés d'un boulevard sillonné de poids lourds, l'esclave bientôt libre tire derrière lui, comme un cerf-volant, toute sa petite histoire et toute celle du monde. Les aboiements s'estompent. Treize milliards d'années pour l'univers ; quatre ou cinq pour la vie ; deux cents millions pour les mammifères ; trois ou peut-être sept pour l'homme ; et puis cinquante-deux ans pour ce petit bonhomme pathétique : Pascal Pique. Il doit couper ces fils, il doit chasser cette crasse et renaître. Il ne sait plus ce qu'il pense ni même s'il pense encore ; il ne sait pas s'il fuit ou s'il défriche ; mais cette ignorance lui va, ce vide l'attire comme un secret à déchiffrer, comme un avenir à construire. L'insouciance est un sentiment délicieux. Sa seule peur, s'il en a une, est de négliger de respirer par excès de détente : comme il arrive, dit-on, aux bébés.

Au milieu du pont qui enjambe la Seine dans un paysage cent fois représenté par des peintres redécouvrant la nature, osant montrer des arbres après des milliers de *Descente de croix* ou de *Flore caressée par Zéphyr,* il s'arrête et fait face au vent glacé qui laisse courir des frissons gris sur la surface opaque de l'eau. Là-dessous se cachent d'autres mondes. Puis, écartant les bras, grosse toupie grotesque, discobole en action, il tourne sur lui-même et lance sa serviette dans le fleuve. Le cœur battant à lui faire mal, il s'écrase le ventre sur le parapet pour regarder lentement couler le parallélépipède de cuir qui contient les feuillets manuscrits et uniques de tous ses cours, le résultat condensé de trente ans de labeur et de réflexion, d'amour aussi pour les nouvelles générations à former. Cette fois, c'est certain, ces notes ne deviendront jamais des manuels scolaires : messieurs les inspecteurs, il fallait vous décider plus tôt, quand il était encore professeur ! Il rit doucement en se représentant la progression de l'eau entre les pages et la dilution de l'encre consignant les vérités les plus assurées jamais élaborées par l'esprit humain : la loi de Mariotte est atteinte ! la formule des gaz parfaits n'a plus qu'un membre ! les ellipses de Kepler deviennent des paraboles ! le théorème de Gödel commence à baver !

Puis, il revient à la gare prendre un train en sens inverse et regagne son logis parisien en somnambule, l'esprit vide. Il appelle le proviseur de son lycée et lui annonce sa démission sans retour de l'Éducation Nationale. Il débranche sur le côté de la *live box* la base téléphonique qui diffuse les appels dans les pièces de l'appartement. Il n'a pas de portable, il a bien fait d'en reporter l'achat. Il hésite pendant quelques secondes à se priver d'internet. Mais non, au contraire, il ne veut se couper que de sa vie passée. Il part en voyage. À l'inverse d'Ulysse, il veut quitter Ithaque. Tous les souffles d'Éole, les appels des Sirènes, les farces de Circé et jusqu'aux menaces du Borgne, seront les bienvenus. Il s'allonge sur son lit dans la pénombre de sa chambre, près de la forme creuse de Liliane. Il va mouler le monde sur ce manque pour en faire une naissance. Il est bien.

Lorsque deux heures plus tard il se lève, son attention est attirée par un plaisant tintamarre derrière la fenêtre de son bureau. Il ouvre. Il avait déjà remarqué la présence d'une bande de moineaux dans les rameaux de lierre couvrant le mur de l'immeuble qui fait face au sien, de l'autre côté de la cour. Mais il ne s'était jamais particulièrement intéressé à eux. Cette fois, l'intelligence que traduit le choix de cette résidence saisit l'observateur : les nids sont exposés au soleil et accrochés suffisamment haut pour être hors de portée de tout prédateur ; les chats ne grimpent pas jusque là. C'est merveille de voir et d'entendre le bonheur de ces petites familles. À longueur d'année, leur innocent gazouillis annonce aux fils d'Adam, de Ptolémée et de Copernic, couchés derrière leurs volets, que le jour est proche. Dans la journée, le va-et-vient des occupants, leurs amours tendres ou leurs scènes de ménage composent un spectacle permanent et toujours renouvelé. Au printemps, on arrive à voir dans certains trous les becs avides des petits.

Ces cosmonautes emplumés ont des capacités que n'ont pas les soi-disant *sapiens* : ils volent ; ils voient le monde de haut ; ils ont des lois de l'équilibre une connaissance fine qui ne passe pas par les mots. Quel avion peut approcher la paresseuse élégance des goélands décollant d'une falaise frappée par le vent, ou la fabuleuse précision d'un faucon fondant sur un poisson dans un torrent ? Il est particulièrement troublant de penser que ces charmants gredins qui se moquent d'être observés par un voisin sans ailes ne font aucune différence entre la nature vierge et la ville. Ils ramassent les miettes des humains qui leur sont une nourriture commode, et ils les ignorent. Si ce mur n'était pas là, si Paris n'existait pas, eh bien, la belle affaire, ils s'installeraient sur un arbre ou dans une haie ! Ce serait sans doute plus dangereux, mais ils ne le sauraient pas non plus ! Ils prennent la planète telle qu'elle est, ils ne font aucune différence, dans l'héritage qu'elle leur offre, entre ce qui vient de l'histoire naturelle du monde et ce qu'elle doit à nos inventions. Bon vent à ces quêteurs de lombrics et d'infini !

Il est trop tôt pour savoir si ces réflexions auront une suite dans le destin de Pique. Il constate, après avoir fermé la fenêtre, qu'il a les yeux humides ; c'est peut-être un effet de l'air vif ? Il passe la journée à nettoyer l'appartement, mêlant et entassant dans un grand sac de plastique noir des livres, classeurs et blocs-notes qui lui font désormais horreur, des reliefs de repas, des morceaux de savon souillés de poils, des tubes de dentifrice desséchés. Puis, après avoir refermé sur ces aveux moisis le couvercle d'une grande poubelle dans un local malodorant au rez-de-chaussée de son immeuble, il s'aventure dans un monde qu'il reconnaît à peine pour faire quelques courses : du jambon sous cellophane, une plaquette de beurre, quelques yaourts, une baguette de pain. Est-ce que les deux moineaux qui l'accompagnent d'arbre en arbre sur le boulevard Saint-Germain font partie du groupe de ses colocataires ?

Il s'assied à la terrasse d'un café devant lequel il est passé mille fois sans s'arrêter. Le liquide noir qui lui réchauffe la langue lui apporte un message d'Éthiopie ou de Colombie. Les automobiles qui lui rasent les pieds lui soufflent des vapeurs d'un pétrole né sous les déserts d'Arabie. Le monde est un hologramme. Que penserait de ces méditations son jeune collègue Lemoine qu'il aperçoit, trottinant, sur le trottoir d'en face ? Un latiniste hors pair, ce garçon ; mais qui ferait bien de se tenir à son propre destin. Il est sûrement en mission. Il vient, pour l'ensemble des professeurs et des administrateurs du lycée, s'enquérir de la santé et des raisons du démission-naire. Il trouvera porte close.

Qui débarrassera le stylite de son passé ? L'obsti-nation de ses amis à le déloger de sa retraite lui vaut une succession de saynètes dont il voudrait pouvoir alléger la belle tragédie de sa vie. Le voici en personnage de vaudeville retenant son souffle dans l'entrée de son appartement tandis qu'il essaie d'apercevoir par l'œille-ton quel importun vient sonner chez lui. Heureusement, il ouvre à temps aux sapeurs pompiers qui s'apprêtaient à défoncer sa porte.

« Ça va ? demande le chef d'équipe ridicule devant le passage soudain libéré.

– Très bien ; je suis un peu sourd, trouve-t-il en essayant lui-même le carillon qui réveillerait un mort.

– Vos amis s'inquiètent.

– Mes amis ou des plaisantins, peut-être ?... »

Impossible, aussi bien, d'éviter l'échange de courrier entre le proviseur du lycée et le desperado ; il est certain de sa décision mais il n'a pas encore considéré s'il entend faire valoir ses droits à une retraite anticipée. Pas difficile de se représenter les conversations dans la salle des professeurs, reflétant la composition sociologique du corps enseignant. L'interprétation majoritaire veut réduire la fantaisie héroïque de leur collègue à un triste et vulgaire désespoir politique. Les classes sont si nombreuses, les programmes tellement denses, les salaires bloqués depuis si longtemps... Ces gens-là ne sauront jamais rire dans un train de banlieue.

*

Pique, allongé sur son lit, près d'une Liliane absente. Un petit bonhomme déchiré entre vide et exaltation, le cœur tout à la fois glacé et parcouru par un mystérieux sentiment de justesse. Il est menacé, il gît sur une étroite plateforme entourée de précipices ; mais sa situation et le moment sont exacts.

Il se réveille hésitant à considérer s'il est apaisé ou épuisé. Il se traîne jusqu'à la cuisine, avale une tasse de café froid, puis vient se laisser tomber dans le fauteuil de son bureau, devant une ramette de papier vierge. Aurait-il la tentation d'écrire ? Il retourne se coucher dans la pénombre de la chambre, en essayant de se défendre contre des nuées de tentations qui lui font tourner la tête. Rien n'est encore net, mais les ogresses sont là, prêtes à dévorer sa vie. La nuque de nouveau calée sur le traversin à la fraîcheur divine, il ne met que quelques secondes à écarter un projet fou : celui de dresser une sorte d'audit négatif de l'esprit humain en recensant tous les échecs de la raison, toutes les grandes questions restées sans réponse à ce jour, dans les domaines les plus variés de la connaissance, de la philosophie, des sciences physiques et sociales, de la politique. Une première liste où se trouvent mêlés le théorème de Fermat, la matière sombre et l'énergie noire, la masse des neutrinos et le boson de Higgs, l'homéopathie, le sida, les catéchismes les plus officiels et les prédictions de Nostradamus, lui donne la nausée. S'aventurer dans ce marais serait se recharger de ses chaînes d'esclave, se laisser rattraper par les meutes.

À tout prendre, il préférerait établir un florilège d'« histoires drôles » capables de piéger la logique par l'humour ; de la prendre « au collet » puisque tel est son nom. Le rire est bien, avec la capacité de parler, l'autre propre de l'homme ? Comment les astrophysiciens qui lancent des messages vers l'espace dans l'espoir d'attirer l'attention d'éventuels extraterrestres, de leur révéler l'existence de l'humanité, n'ont-ils pas encore pensé à leur proposer un florilège de gags ? On verrait les soucoupes se tordre et s'enfuir en lâchant des pets monstrueux. Quel serait le choix de Pique ? Bien sûr, il y a le chef-d'œuvre d'Ionesco arrachant un miaulement au plus basique des syllogismes : « Tous les chats sont mortels, or Socrate est mortel, donc Socrate est un chat. »

Mais, en réfléchissant bien, on arrive à apercevoir le défaut du raisonnement. Il faut trouver moins soluble. Par exemple, l'histoire du Blanc qui cherche une chambre dans un pays d'apartheid. Il n'en reste que dans les hôtels réservés aux Noirs. Le voyageur se tartine donc de cirage et demande à la réception qu'on veuille bien le réveiller à six heures. Mais le lendemain matin, à la gare, on lui interdit l'accès à la place qu'il a louée dans un wagon pour Blancs. Est-ce qu'il ne se serait pas suffisamment lavé ? Il se frotte le visage pour en enlever les dernières traces de cirage. Horreur ! la couleur persiste ! Le concierge s'est trompé, il a réveillé un vrai Noir !

Pique se gondole tout seul dans son appartement désert. Il va mieux, encore qu'il se méfie désormais de ce mélange de rire et de désespoir qui l'a déjà conduit sur un pont d'Argenteuil. Ce chemin de petites blagues pourrait lui convenir, s'il parvenait à laisser poindre dans cette plate-bande quelques pousses d'universalisme. Le mot d'*histoire* l'arrête. La langue serait-elle plus futée que ses locuteurs ? Des universitaires de haute volée ont cru, dans les dernières années du XXe siècle, mettre au jour un système de manipulations des esprits en dénonçant le *story telling* pratiqué par les hommes politiques et leurs *spin doctors* : les coquins embobineraient les électeurs en leur « racontant des histoires », donc des fadaises, plutôt que de leur exposer un programme raisonné, éminemment sérieux. Or, que dit d'autre, tout au moins en français et ce depuis l'origine de la langue, le fait que précisément le même mot s'utilise d'une part pour traiter de la guerre des Gaules, de la décapitation de Louis XVI, de celle de Robespierre, du triomphe et de la chute de Napoléon, des pires génocides, et d'autre part pour faire s'esclaffer un public de cabaret ? En somme, l'affaire était sur les lèvres et sous les yeux de tous depuis la nuit des temps ; les hommes n'avaient jamais cessé de conter, d'imaginer, tout en s'évertuant à donner à ces fantaisies des allures de forteresses philosophiques, de théories argumentées.

C'est une révélation pour l'ancien professeur, même si déjà il en craint la banalité. Quand les premiers *homo erectus, habilis, sapiens,* se sont trouvés dotés de la machinerie du langage, ils se sont mis à raconter des histoires. Ce qui peut aussi bien se formuler à l'envers : c'est en se racontant des histoires, c'est pour s'en raconter, qu'ils ont progressivement forgé ces langues qui désormais occupent nos cerveaux comme des virus un organisme asservi. La lune, féminine en français, le soleil masculin ; l'inverse en allemand. Le futur anglais qui distingue l'obligation qui m'est faite, *I shall do,* « je dois le faire », de l'intention qui t'est reconnue, *you will do,* « tu veux le faire »… Que faire, en effet, quand on a dans la tête ces moulins qu'on ne peut débrancher ? *ra-con-ter !* C'était vrai au paléolithique quand sont nés les grands mythes religieux, et c'est vrai aujourd'hui à l'heure des séries télévisées. *Homo ludens.* Autrement dit, les adeptes du *story telling,* s'ils disent vrai en faisant la théorie de leur credo, s'ils mentent fort en le mettant en pratique, n'ont cependant rien inventé : ils ont redécouvert une vérité plus vieille que leur recette.

La tête en feu, Pique jette de premiers mots sur ses feuilles. L'idée qui l'occupe se justifie à la fois à l'aube de la saga, et dans les derniers développements de la science. Quels ont été les premiers textes qui ont passionné les humains, qui ont façonné leur pensée et leurs comportements ? des récits d'aventures ! de grands cycles mythiques contant, pour chaque civilisation, les malheurs des ancêtres et les exploits des dieux. Dans l'épopée de *Gilgamesh*, le héros combat le géant Humbaba, refuse les faveurs de la déesse Inanna, se fait voler l'immortalité qu'il avait trouvée sous la forme d'une plante marine. Dans les deux cent cinquante mille vers du *Mahâbhârata* indien, les Pandavas affrontent les Kauravas dans une guerre sans fin sous le regard de Krishna, huitième avatar de Vishnou. Les murailles de Sumer se sont écroulées, mais l'Inde est toujours vivante. Dans la stupéfiante *Genèse* biblique, que revendiquent aujourd'hui comme hier de nombreux citoyens de la première puissance mondiale, Ève s'arrache au corps de son homme, accepte le conseil d'un serpent qui lui recommande de manger d'un fruit interdit afin d'acquérir la connaissance du bien et du mal, découvre en punition la gêne de l'impudeur et les douleurs de l'enfantement. Les chapitres suivants valent ces préfaces. Marie conçoit en se passant de son mari. Une étoile guide trois rois. Jésus marche sur l'eau, multiplie les poissons et les pains, change l'eau en vin, propose à ses fidèles de consommer sa chair et son sang avant de sortir de son tombeau. Mahomet monte au ciel sur sa jument Borak pour en ramener le Coran dans lequel on lit d'autres prodiges. Soixante-dix vierges attendent au paradis chacun des martyrs kamikazes du jour.

Sur un plan moins religieux, quelles ont été les premières grandes œuvres qui ont été jugées dignes du support de l'écriture pour parvenir jusqu'à nous ? des fictions ! *l'Iliade, l'Odyssée, l'Énéide, la Divine Comédie* ; des pièces de théâtre, d'Euripide, de Sophocle, d'Aristophane. En attendant les *blockbusters* de l'édition et du cinéma jusqu'aux temps les plus actuels : *la matière de Bretagne, Pantagruel* et *Gargantua, Don Quichotte de la Manche*, les tragédies de Shakespeare, les comédies de Molière, *Ulysses, À la recherche du temps perdu.*

Quelle forme ont prise les travaux du prince des philosophes, le prodigieux et rusé Platon ? Non pas celle de ces exposés abstraits que prisent les modernes pédagogues mais celle de dialogues entre amis ! agrémentés de nombreux petits contes, comme celui de la Caverne ou l'impayable sotie des ancêtres en forme de boules... Cette faille qui sépare les premiers textes « savants » des manuels universitaires ultérieurs prend une allure de gag si on y ajoute la nature du medium employé. Dans le *Phèdre*, le gratte-papier Platon fait dresser par Socrate, le beau parleur, un réquisitoire contre... les méfaits de l'écriture, son propre outil et celui des historiens ! Socrate se méfie des pseudo-vérités figées dans des textes, dont les auteurs jouent à se faire oublier pour imposer une éternité de pacotille. Pourtant, se dit Pique, le scribe qui nous transmet la voix de ce héraut de l'éphémère est par ailleurs le père des fameuses « Idées » immuables : comprenne qui pourra… À deux mille ans de distance, le nouveau plumitif frémit en se demandant si le crayon qu'il tient en main ne serait pas un sabre pour samouraï suicidaire.

Reste à constater quel a été le choix de Dieu quand le désir l'a pris de descendre jusqu'à nous. Aucun des fondateurs des grandes religions n'a écrit : ni Abraham, ni Moïse, ni le Bouddha, ni Mohammed. Mais avec l'avènement du christianisme c'est l'Être lui-même qui s'abstient. Il eût été facile au Christ de nous laisser un petit livre rouge ou vert ou doré, résumant ce qu'il convient de croire et de savoir, ce qu'il en est de la mort, de la survie, du Jugement : pas une ligne ! pas le moindre gribouillis ! Le seul passage des Évangiles où Jésus paraît écrire, c'est l'épisode de la femme adultère *(Jean, 8)*. Avant de se redresser et d'apostropher les lyncheurs, Il trace du doigt quelques signes dans la poussière du sol. On ne sait pas lesquels. En dehors de ce petit mystère qui paraît presque fait pour agacer, Il n'utilise que l'imprécise obscurité des paraboles pour éclairer ses adeptes ; d'une lumière un peu noire en somme…

Quant aux mystères du jour, celui que retient l'ex-professeur a la saveur d'une violente hérésie. En dépit des preuves accumulées, des photos de la première expansion visible de l'univers, il existe des physiciens qui continuent de douter de l'hypothèse du *Big Bang* : parce que ce récit ressemble trop à celui de la Genèse biblique ! « Et la lumière fut » sont des mots qui conviennent aussi bien aux chercheurs qu'aux prêtres. « De deux choses l'une » écrit Pique qui envisage de retenir l'expression pour titrer son œuvre à venir : ou bien il s'agit d'une pure coïncidence sans signification ; ou bien il y a eu contamination de la raison par le mythe. Le catéchisme et les contes de notre enfance nous auraient-ils rendus incapables d'imaginer d'autres formes de commencement ? ou même de concevoir autre chose qu'un commencement ? Les *story spinners* sont des fabricants d'évidences ; inutile de penser si « on sent » qu'on est d'accord, qu'on fonctionne dans le même monde : celui d'une culture commune. Les langues pensent déjà, avant de connaître les neurones et les lèvres de leurs locuteurs.

Un petit bonhomme devant une page blanche, le stylo dressé. Il ne sait pas où l'entraînent les chevaux ivres de ses associations, il ne sait pas si cette quête aura un terme, mais il prend cet égarement pour une épreuve nécessaire et singulièrement intime. Lancelot et les chevaliers partis de la cour d'Arthur ignoraient eux aussi ce qu'il leur fallait trouver. Quand le Graal passait devant Perceval, l'innocent « ne posait pas les bonnes questions ». Pourtant, le récit de leurs échecs vit encore dans des milliers de livres et de films.

Les fictions, les histoires, ont précédé les raisonnements, soit. Elles les informent toujours, soit. Mais Pique veut franchir ce mur et parcourir les forêts et les prés qu'il devine au-delà. Lui qui a toujours considéré un roman ou un film comme donnés, voici qu'il veut examiner comment sont construits tous les récits littéraires et cinématographiques qui ont pris les hommes dans leurs rets. Bientôt, les auteurs eux-mêmes lui apparaissent comme des passeurs manipulés. Il invente des diagrammes à plusieurs dimensions où s'accumulent des œuvres présentant des croisements entre réel et imaginaire : *L'Âne d'or, Les mille et une nuits* ; *Don Quichotte*, toujours lui ; *Emma Bovary, Six comédiens en quête d'auteur* ; *Le Nom de la Rose* et *Le Pendule de Foucault*. Ravagé par un violent accès de fièvre, il épingle sur le mur de son bureau une feuille portant une citation de *Rire dans la nuit* de Vladimir Nabokov, une effarante histoire de tromperie et de cécité : « *Peut-être n'y avait-il de sincère en lui que sa foncière conviction que tout ce qui avait été créé en matière d'art, de science ou de sentiment n'était guère qu'un truc plus ou moins habile. Même lorsqu'il parlait tout à fait sérieusement d'un livre ou d'un tableau, il éprouvait l'agréable sensation d'être complice d'une conspiration, complice d'un génial charlatan, à savoir l'auteur du livre ou le peintre du tableau.* »

L'outlaw rentre la tête dans les épaules et se demande quel châtiment lui vaudront son incorrection et sa prétention. Au passage, il mesure une conséquence du départ de Liliane. C'était elle qui lisait, à longueur de journée et de nuit, un nombre incalculable de livres, tandis qu'il se contentait de feuilleter la presse. Le voici contraint, pour remédier aux carences de son héritage, de fréquenter les bibliothèques du quartier dans lesquelles il n'avait jamais mis les pieds et même le catafalque géant de François Mitterrand où il ne tarde pas à se faire remarquer en se faisant porter toutes les heures une nouvelle tonne de livres. Un jour, trois agents en blouse grise font cercle autour de lui et lui refusent sa commande en prenant des airs d'infirmiers d'asiles psychiatriques. Le soir même, il décide de s'en tenir à un dialogue solitaire avec les plus conciliants *Google* et *Wikipédia*, n'apprend qu'avec peine à « surfer » comme il ne l'a jamais fait sur les vagues informatiques, à faire des va-et-vient entre plusieurs « fenêtres ». Renonçant à utiliser le clavier pour écrire son propre texte de ses deux seuls index, il s'épuise à recopier à la main des pages de références. Le soir, croyant se détendre en changeant les modalités de sa quête, il s'enferme dans les salles de projection du Quartier Latin : mais le cinéma renouvelle sa souffrance en lui imposant l'incompressible durée de ses films.

Il n'est pas au bout de ses affres. Une chevauchée à travers les études des anthropologues lui laisse deviner l'immense patchwork bariolé des mythes. Les travaux d'un philosophe sinologue retiennent particulièrement son attention. L'important, écrit ce Janus moderne, n'est pas seulement de savoir ce que l'on pense mais aussi et d'abord « à partir de quoi l'on pense ». Les catégories universelles ne se réduisent pas à celles que notre éducation nous a léguées. Les Chinois, dont les verbes ne connaissent que l'infinitif, sans temps ni personne, paraissent particulièrement handicapés pour s'aventurer sur les territoires de la science, pour penser des évolutions, des relations causales, des dispositifs confrontant un sujet connaissant à un objet d'étude ; ils ont cependant devancé les Occidentaux dans bien des technologies, le vol des cerfs-volants, la chimie de la poudre, la cuisson de la porcelaine, la production de la soie ; voire même l'idée et l'usage de l'horloge. Pas la peine de comprendre pour faire. Ou bien « comprendre » n'est qu'une bouffonnerie ?

Hélas ! gémit Pique, va-t-il donc devoir apprendre toutes les langues de la Terre ? Où n'a-t-il pas mis les neurones ? Quelle légitimité lui reste-t-il, grotesque écrivaillon, qui ose contester le médium qu'il utilise ? Derrière un diablotin grimaçant qui lui confirme que l'écriture conserve aussi bien les erreurs que les vérités, ses pages ricanent, ce sont des agents des Renseignements Généraux. Son propre cerveau est un traître vendu aux déterminations de son enfance. C'est trop difficile.

Une nuit, il voit se dresser devant son lit la Logique sous la forme d'une « maîtresse » vêtue de cuir noir, un fouet à la main. Elle tient par la main une sorte d'enfant soldat criminel, vêtu d'une curieuse jupette, qu'elle a prénommé *Alphabet* et qu'elle dit capable de tout représenter, sans s'embarrasser d'aucune morale. « Un *tutu* ou *tue ! tue !* c'est pareil ! » dit le petit monstre en découvrant une rangée de couteaux cachés sous son falbala. Il est temps que le rêveur s'arrête.

Par hasard ou presque

Au matin, pour la première fois depuis de longues semaines, il décide de ne pas écrire de la journée. « Moi non plus ! » » lâche-t-il, apaisé, en repensant à l'Athénien. Non sans peine, il parvient à installer comme fond d'écran sur son ordinateur une photo du paysage qu'il aperçoit par la fenêtre : quelques toits sans charme particulier, qui ont cependant acquis une présence mystérieuse au fil des innombrables regards qu'il a posés sur eux. L'effet est troublant : quand une rêverie l'amène à lever les yeux de sa machine vers le monde extérieur, l'image ne change pas. Puis, au prix d'une douloureuse manipulation, il s'amuse à surimposer son paraphe sur l'écran : des toits et, par-dessus, « Pascal Pique ». Il se retourne vers la fenêtre : les toits sont bien là, mais vierges de toute signature. Il entend ses lèvres murmurer : « Tout de même, ça résiste. »

Il n'a presque plus d'argent, car l'Education nationale lui a logiquement coupé les vivres après sa démission, et il est trop jeune pour demander sa retraite. Alors qu'il est descendu acheter du lait et du pain, il aperçoit une annonce d'offre d'emploi sur la vitrine d'un fast-food à quelques mètres de chez lui. Il se présente, on l'engage à l'essai, il touchera un demi-SMIC en échange de quatre heures de station devant le grill, vêtu d'un uniforme blanc qui lui donne l'impression bizarre de surveiller la santé des burgers plutôt que leur cuisson. Lorsqu'il aperçoit sa silhouette floue dans le mauvais miroir d'une armoire de métal, il pense à un autre petit professeur déchu par amour pour un cruel *Ange bleu* ; et il se demande ce que devient sa Liliane qu'il n'a pas cherché à joindre. Il a également droit à un repas gratuit sur place et peut assez facilement emporter chez lui des *chicken wings* ou des *fish fingers* refroidis, tombés comme des météorites des astres de la mode et retirés de la vente. Bien sûr, les mèches grises qui passent sous son calot, sa barbiche à laquelle il est resté fidèle et son ventre encore avantageux détonnent un peu dans cette brigade d'étudiants et de jeunes immigrés, mais sa discrétion et sa gentillesse ont tôt fait de conquérir ses collègues qui l'appellent *Papy*. Un soir, une minuscule caissière de vingt ans au teint de pêche qui répond au prénom mythique de Juliette lui confie au moment de la fermeture que, « en ce moment, elle squatte un peu n'importe où », puis lui propose de l'accompagner jusqu'à chez lui « pour boire un dernier coke » qu'ils emporteraient du restaurant. Mais Pique, qui n'a jamais connu que le corps de Liliane, ne se sent pas le courage d'affronter l'ombre de Roméo. Il se sait fragile et craint trop d'ajouter un fiasco amoureux à ses ennuis déjà lourds pour s'y résoudre.

Au bout d'un mois de cette nouvelle vie qui l'a tout à la fois reposé et exilé, il se décide à réintégrer sa véritable peau en se rasseyant devant son manuscrit. L'épreuve est excitante et rude, à la limite du supportable. Il a du mal à reconnaître le texte boursouflé qu'a produit son immense travail. Le détail de son architecture, la saveur de ses phrases, commencent à lui échapper. Le chef-d'œuvre paraît déjà se dissoudre dans le bruit et l'étendue du monde, comme l'eau d'un torrent dans la mer. La justesse de certaines pages lui arrache des larmes, mais nombreuses aussi sont celles dans lesquelles il voit fleurir des énumérations et des démonstrations auxquelles il croyait avoir renoncé. Plusieurs redondances résistent à sa volonté d'alléger le pavé, car les thèmes répétés se trouvent successivement reliés à des réflexions différentes. Il est impossible de faire entrer ce volume complexe dans le tuyau des lignes. L'auteur a tourné en rond, prisonnier d'un jardin maléfique dans lequel il reconnaît les volutes de son propre cerveau. Comment échapper aux pièges du logiciel quand cette machine infernale contrôle toute pensée possible ?

Il sait désormais qu'il n'aura plus la force de retravailler son manuscrit. Peut-être des avis extérieurs pourraient-ils l'aider à émerger, à respirer un peu, à desserrer le nœud qui l'étrangle ? Avant même de faire imprimer et multiplier le douteux chef-d'œuvre dans une échoppe voisine, il prépare dix enveloppes à l'adresse des principaux éditeurs français. Hélas, la seule clef USB qui traîne sur son bureau appartenait à Liliane, et il y découvre des copies de *mails* tendres adressés par la perfide à son amant. Les yeux lui brûlent tandis qu'il nettoie le support en renvoyant au néant ces traces qui sont aussi une part de son passé. Puis, il descend jusqu'à la petite boutique dont la vitrine est surchargée d'affichettes proposant aux étudiants de dupliquer leurs mémoires. Malaxant de doigts moites le petit objet de plastique qui porte son espoir et ses craintes, il hésite encore à entrer mais trouve finalement l'audace nécessaire en prévoyant de présenter son texte comme la thèse d'un ami retenu en province.

Seul un mince jeune homme est présent, penché de dos sur une machine à photocopier dont le bruit ne lui a pas permis d'entendre l'ouverture de la porte. Pique tousse, provoquant tout à la fois l'apparition depuis une arrière-salle d'un colosse qui doit être le gérant et un soubresaut du fragile employé, lequel laisse échapper une ramette de papier dont les feuilles se répandent.

« Ne le faites pas entrer dans un magasin de porcelaines ! gronde l'ogre qui oublie sa propre monstruosité.

– Il n'a rien d'un éléphant ! objecte le visiteur désireux de jouer au plus fin et de défendre le gamin.

– "Détrompez-vous" ! continue le cyclope en s'esclaffant. Quand il m'a dit qu'il préparait une thèse sur… euh, la naissance de la philosophie, j'ai voulu y voir un signe de délicatesse, mais c'est raté !

– Moi, c'est plutôt la naissance du feuilleton ! lâche un Pique rougissant en plaquant la petite clef sur le bureau. Je rappelle que toutes les premières œuvres de l'esprit ont été des fictions.

– Ah ! c'était un peu l'idée de Rousseau, ose l'étudiant en se retournant.

– Oui ?

– Jean-Jacques. Dans son *Essai sur l'origine des langues*. Il allait même plus loin, il pensait la poésie plus ancienne que la prose. Vous me permettrez de lire ?

demande l'innocent en posant la main sur le manuscrit.

– Maxime ! hurle le gérant émergeant du silence auquel l'avait d'abord réduit la culture de son employé. C'est une règle de la maison ! On ne consulte pas les fichiers des clients !

– Nous verrons, fait Pique qui ne voit plus dans son texte qu'un plagiat et un inutile doublon. Dix exemplaires, s'il vous plaît. »

*

Cette rencontre a des suites la nuit suivante. La révélation qu'un autre avait lancé avant lui dans le monde le message qu'il avait senti goutter douloureusement de blessures si personnelles, et qu'il pensait être le premier à offrir à l'humanité, lui a valu un mélange de fierté et de désespoir qui l'a pétrifié. Est-ce que tout a déjà été dit ? À peine sorti de la boutique, il a pu trouver sur internet l'opuscule de Rousseau. *« Les premières histoires, les premières harangues, les premières lois furent en vers : cela devait être puisque les passions parlèrent avant la raison. »* Impeccable ! À ce trouble s'ajoute celui que lui vaut la découverte que le malheureux Jean-Jacques n'a jamais pu mesurer de son vivant l'effet de son brûlot. C'est un texte posthume ; le salut d'un spectre deux fois mort.

Est-ce le fantôme du promeneur solitaire ou celui de l'étudiant photocopieur qui est venu s'asseoir près du lit du rêveur ? ou bien est-ce lui, Pascal Pique, qui a pris les traits de ce bel éphèbe ? Il ne sait plus de quel côté il se tient. La conversation est vive. Le premier texte de Rousseau, à l'aube d'une vie qui devait se conclure par cet hommage sépulcral à la fiction et à la poésie était à l'inverse un examen critique de l'effet des sciences et des arts sur « la pureté des mœurs ». Une fois de plus, Pique se sent devancé. Comment faire la part entre la grandeur et les dangers de la science ? entre la prolongation de la vie, l'unification de l'humanité, et à l'inverse la mise au point d'armes de plus en plus terribles ? Le cauchemar prend forme et s'étend. Pique a retrouvé son corps de cinquantenaire bedonnant lorsqu'il aperçoit à l'entrée d'une librairie, alors que la nuit tombe, l'annonce pour le soir même d'une émission littéraire à la télévision. Le nom de l'auteur invité et le titre de son livre laissent présager au promeneur angoissé une manipulation : *Bonne fortune*, par Maxime Double. « Fortune » comme hasard aveugle ? « Maxime », comme ce plagiaire voleur de manuscrits qui avoue son forfait en osant se présenter sous le pseudonyme de « Double » ?

Pique pousse la porte du magasin qui va fermer, achète le livre, le feuillette rapidement en prenant soin de ne pas porter les doigts à ses lèvres pour le cas où le papier aurait été imprégné d'arsenic. C'est la reproduction de son œuvre ! ou plutôt sa parodie diabolique car la thèse en a été retournée. Les phrases sont souvent très voisines mais le retrait ou l'ajout d'une périphrase, quelquefois d'une simple conjonction, d'un adverbe, d'une négation, suffit à en inverser le sens. Dans cet essai pervers, l'adoption par Platon de la forme dialoguée n'est plus le fruit d'une décision volontaire et révélatrice, mais « une scorie archaïque de l'âge obscur des aèdes sans écriture, qu'éclaireront bientôt les essais des commentateurs ».

Pique n'a pas le temps de rentrer chez lui. Il voit le générique de l'émission commencer sur les écrans multipliés d'une grande surface voisine. Hélas, le son n'est pas retransmis dans la rue. Les visages des participants apparaissent : c'est bien le Maxime qu'il connaît, le scélérat aux photocopies. La beauté du jeune auteur rayonne dans ce silence artificiel, son sourire s'impose, sa victoire est préalable aux mots. Plusieurs pontes universitaires sont venus prêter main forte au gredin. Leurs grimaces d'autoréférences dessinent une danse monstrueuse autour de leur idole. Pique se dit que, s'il faisait lui-même son entrée sur le plateau, il ferait piètre figure avec ses rides et son ventre face à cet Adonis.

Il n'a pourtant pas le choix. La vérité impose. Il décide de gagner le studio de télévision dont il connaît l'adresse, à l'orée sud-ouest de la ville, en suivant le fleuve sous le crachin tiède qui s'est mis à tomber et qui enveloppe les berges d'une auréole floue. Le lieu est hostile aux piétons : sur des marches et des esplanades désertes successives, des barrière métalliques mènent à un sas qu'on devine prévu pour résister à une attaque militaire et que protègent des gardiens taillés comme des catcheurs. Les deux gorilles ne laissent aucun espoir au malheureux candidat. C'est une soirée « sur invitation nominale ». Il n'entrera pas puisqu'il ne possède pas le sésame nécessaire. Même si ses travaux font le sujet du débat ? L'important n'est pas de savoir de qui ou de quoi l'on parle, mais qui en parle... « Essayez par là », lui jette l'un des monstres adoucis en désignant une rampe qui descend vers un quai où des péniches déversent leurs chargements de graviers. Bientôt, la ville fond autour du marcheur dans un marais de reflets noirâtres. Apparaissent des arbres tordus, des montagnes cristallines, des océans maternels, des déserts silencieux.

Une faille s'est creusée dans laquelle Pique avance vers une entrée obscure. Il doit se jeter de côté pour éviter une limousine noire qui le rase sans pitié. Qui sont donc ces puissants qui l'ignorent et le précèdent ? Le lourd portail s'ouvre, libérant des flots de lumière. Vacillant, l'errant s'avance dans l'immense salle d'un gouffre souterrain dont la décoration clinquante fait oublier la triste simplicité de la Caverne de Platon. S'y agite toute une foule de professeurs en toge, de notables chargés de médailles, d'académiciens encombrés par leurs épées, d'évêques drapés d'or, d'Aristotes, d'Augustins ; de Thomas, de Descartes se rengorgeant de leurs « s » finaux d'origine. Tous se roulent par intervalles devant un monolithe constellé d'inscriptions, une sorte de stylo géant surplombé par une boule de miroirs qui projette sur les parois des citations tournoyantes. N'étaient les simagrées disgracieuses de ces monsignori, on pourrait prendre l'endroit pour un vaste dancing. Un huissier masqué, prenant des poses abjectes de Monsieur Déloyal, tient d'une main une robe ouverte qu'il encourage Pique à revêtir. « À moins que vous ne préfériez ceci », fait-il soudain en brandissant un collier de chien garni de pointes et prolongé par une laisse de cuir : « ça se porte nu, à quatre pattes », menace-t-il en s'éloignant vers les confins de la cave d'où monte une affreuse rumeur.

Horreur ! Dans une pénombre humide gémissent des théories d'esclaves enchaînés qui composent une sorte de Matisse lugubre. Des Indiens agonisent, des Noirs enduits de goudron et de plumes brûlent. Des bardes, des griots gisent étranglés, à jamais incapables de proférer leurs litanies magiques. Les matons qui les surveillent et les fouettent, les bourreaux qui les supplicient sont souvent de même race que leurs victimes. « Faute ! lance une sténotypiste en suspendant sa frappe : le mot "race" a été supprimé du vocabulaire français ! » De tous les côtés on garrotte, on pend, on fusille. L'histoire de l'humanité est une saga du meurtre, sanctifiée par la Logique.

Rupture de la pellicule ou peut-être bien d'anévrisme chez Pique. Le rêveur se tâte le front. Il est vivant.

Au matin, épuisé par cette cavalcade, il descend prendre livraison des exemplaires de son manuscrit et retrouve le bel étudiant souriant, son ennemi de la nuit, qui lui dit en lui remettant un lourd colis :

« J'ai lu. C'était bizarre… J'en suis sorti foudroyé

et conquis !

– Oh oh ! n'est-ce pas trop dire ?

– Certaines de vos pages sont très proches des miennes. J'avais l'impression de lire ma thèse qui n'est pas encore écrite. Je me suis dit que je devrais vous citer en note comme si vous m'aviez soufflé ces idées. Sinon, tous les examinateurs de la Sorbonne me tiendraient pour un faussaire, personne ne croirait à de telles coïncidences.

– Ah ! j'ai honte de ce cauchemar dans lequel je vous ai soupçonné !

– On n'est pas responsable de ses rêves ?

– Peut-être un peu, tout de même. Vous m'aviez volé mon manuscrit, et vous l'aviez publié sous votre nom. Je n'avais aucune chance, toutes les filles étaient amoureuses de vous. Je vous suivais, et vous me traîniez jusqu'à une sorte de caverne dans laquelle tous les mandarins du monde dansaient une effroyable gigue.

– Ça faisait une belle histoire ? »

Un même sourire éclaire les deux interlocuteurs.

« Je me suis consolé, reprend l'adolescent, en constatant qu'il y avait aussi des différences dans nos projets.

– Oui ?

– J'ai trouvé qu'il manquait quelque chose dans votre texte.

– Ah ! je préfère ça ! Dites-moi.

– Eh bien… Il ne suffit pas de trouver des fictions à l'aube de la pensée ; encore faut-il en donner la raison…

– Fameux paradoxe !

– La question est : "*Pourquoi* des fictions ?"

– Je vous écoute !

– Pour laisser jouer le hasard ! C'est le point central de ma thèse, et l'un de ses développements les plus amusants. Ce hasard qui régit le développement de l'univers et l'évolution de la vie, les hommes cherchent à le contrer dans toutes leurs activités pour prévoir, pour s'affirmer en maîtres... sauf précisément dans les histoires qu'ils racontent ! Considérez notamment les romans à suspense, qui sont les plus appréciés. Un événement survient qui n'aurait pas dû se produire, et c'est parti pour deux cents pages haletantes...

– ... ou pour quatre-vingt-dix minutes de film !

– Ces deux passants qui ont été aperçus à la même heure sur le lieu d'un crime s'y croisaient-ils fortuitement, ou s'y étaient-ils donné rendez-vous ?

– Ou bien un tiers, le meurtrier lui-même, a-t-il utilisé cette coïncidence pour les faire soupçonner à sa place ?

– En somme, en tissant des légendes, en se faisant conteurs, nos ancêtres *homo sapiens* ont commencé par saluer le vrai dieu du réel, le souverain Hasard, avant de se prosterner devant l'idole du Progrès...

– J'aurais dû mieux l'écrire !

– Les histoires drôles ou tristes sont nées comme des cantiques, avant que les essais ne jettent sur l'humanité les filets de leurs lignes, les bâches de leurs conspirations...

– J'adore ! »

Pique gonflé d'émotion, les joue rouges, a pris les mains du jeune homme dans les siennes.

« Vous êtes meilleur que moi ! s'exclame-t-il en repoussant les exemplaires de son manuscrit. Je n'ai plus la force de poursuivre. C'est décidé, je vous donne mon travail ! Ni vu ni connu ! Vous n'aurez pas à m'être redevable de votre création. Je goûte déjà ma solitude, mon silence de prince. J'aurai l'impression de triompher à travers vous, et je corrigerai ce rêve affreux. Je serai un gentil Vautrin, et vous serez mon Lucien. Débarrassés de nos vaines illusions, nous gagnerons ensemble le paradis d'une honnête complicité. »

*

Pique a rangé son ordinateur sur l'étagère la plus haute de son bureau. Il est libre ; « certes, concède-t-il en souriant, libre de respirer, de manger, de dormir » ; mais, précisément, ce n'est déjà pas si mal : libre de vivre, en somme. Aucune contrainte ne l'enserre, aucun désespoir n'obscurcit son horizon. Il a déblayé les amoncellements d'idées qui l'écrasaient, tranché les écheveaux de lignes qui l'étranglaient. Cette légèreté merveilleuse lui va. Ce dénuement est riche.

Que pourrait-il donc *faire* ? Lui revient en mémoire cet extraordinaire épisode des aventures de Don Quichotte, lorsque Cervantès suspend le geste de son personnage, sabre levé, en prétendant ne pas disposer de la suite du texte… Il sent le vent qui caresse les joues du chevalier figé, il est du côté du héros dont la figure n'est triste que pour les ronds-de-cuir. Ce n'est plus une plume qui lui manque, mais un cheval, une lance, des moulins à vent. Il s'est trompé en écrivant un essai pour démontrer la vanité des essais ; quand il aurait dû inventer une histoire, une fable assez simple pour être lue par tous, drôle, fulgurante, qui aurait conquis le cœur de ses frères humains et débusqué le Graal sans même avouer sa quête ; par exemple l'histoire d'un petit professeur échaudé, abandonné par sa femme, moqué par ses élèves, qui jette sa serviette dans la Seine, qui s'égare dans les labyrinthes des bibliothèques et dans ceux de sa propre tête… Il fallait offrir à l'acheteur une petite sculpture compacte, et il n'a su proposer qu'un kit de pièces détachées, impossible à monter. Il fallait la Joconde, quand il n'a signé qu'un graphique de bureau d'étude.

Désormais, l'effervescence des prix littéraires est éteinte. Il est passé de l'autre côté du miroir. Il n'envisage plus de trouver des pages cachées sous ses neurones, il veut vivre réellement les facéties du hasard. S'il devait exposer son cas dans une nouvelle conférence, il prendrait l'analogie du Loto national. Un joueur a une chance sur treize millions de désigner la combinaison gagnante. Nombre qui est aussi celui des secondes qui s'égrainent en cent cinquante jours et nuits. Autrement dit, pour gagner, il faut choisir le moment où dire « top » sur une période de cinq mois. Le défi paraît impossible, sauf si, comme Pique, on se déprend de cette nécessité pour constater qu'il suffit tout aussi bien de faire ce bon choix ; de se rendre disponible aux caprices de l'imprévu. Il y a bien des gagnants ? *Il faut et il suffit*, c'est là une problématique familière aux anciens professeurs de sciences.

Dans ce désert de la raison, à quelle convergence de signes attribuer sa décision de se mettre en chemin ? Le seul souvenir de l'âge précédent qui continue à lui courir dans la tête est l'aveu poétique des scientifiques attribuant la naissance de l'univers à une « fluctuation du vide ». Le vide, c'est une assez bonne approche de l'état de son cerveau. Reste à guetter l'éclair qui pourrait y déclencher l'apparition des premières particules…

Un matin, alors qu'il revient d'acheter une simple baguette de pain qui n'a pourtant rien d'un instrument de magicien, deux ailes blanches se posent devant lui à l'entrée même de son immeuble. Ah ! non plus un simple moineau, mais une mouette ! à deux cents kilomètres de la mer ! à six cents de sa Bretagne natale ! *La* mouette bien sûr ! celle qui avait frôlé son pitoyable carrosse de tôle tandis que lui apparaissait la vanité de sa vie. Qui peut savoir de quel message elle est cette fois porteuse, à l'exemple de la colombe qui informa Noé de la fin du Déluge ? Le détail qui emporte sa conviction est que la folie de cette association lui arrache une explosion de rire : comme dans le train de 7 heures 27 ! Il n'est pas fou, il n'a jamais donné dans les sornettes des superstitions, mais son cerveau enflammé opère un retournement subtil : c'est dans la mesure même où elle n'a aucun sens que l'apparition de l'oiseau se fait convaincante, car alors le héros peut la prendre sans faillir pour un point de départ épuré, dégagé de toute attache causale. Comme au Loto, il gagne sans l'avoir voulu ! Sa décision est prise : le lendemain, il se mettra en route, non pas vers Saint-Jacques de Compostelle, mais vers Argenteuil, vers le lieu où la mouette lui avait lancé un premier « clin d'aile » ; via Épinay, Deuil-la-Barre ; via Montmorency et le Petit Mont-Louis, bien sûr, chez Jean-Jacques ! Quel pèlerinage ! Dans l'espoir de quelle découverte ? de rien de connu ! par définition ! Il repoussera la pierre de son tombeau. Il mettra ses pieds de messie dans la poussière des foules.

La nuit suivante il dort d'un sommeil noir lorsque soudain le cri d'une roue sur un aiguillage l'arrache au néant. Il se redresse dans son lit, et une image s'impose : celle d'une femme, sur le balcon d'une HLM, qui agitait une couette orange derrière la signature aérienne de la mouette. Elle était à peine visible, minuscule mouche épinglée dans l'immense paysage de banlieue découvert par une trouée dans les murs bordant la voie. Elle n'avait rien de notable, entre les pylônes et les câbles électriques, les antennes et les cheminées, les murs blêmes et les tags monstrueux. Elle n'avait aucune importance. Son insigni-fiance l'élisait dans cet enchevêtrement de constructions nécessaires. Magnifique fluctuation ! effacée en quelques secondes par le mouvement du train comme par un coup de gomme. Pique ne veut pas en savoir davantage. Son programme est tracé. Il va retrouver cette fée, en faire le trésor de sa quête, la star de son polar. Il se laisse retomber sur sa couche, apaisé. Il referme les yeux, et c'est Hollywood, c'est Cannes, sur l'écran de ses paupières. Une femme l'attend.

Peut-être parce qu'un des cinémas au pied de son immeuble propose depuis quelques jours une programmation de films asiatiques, la première pensée qui lui vient est que la donzelle pourrait être chinoise. La couleur de l'enveloppe gonflée par le vent lui donnait l'allure d'un de ces monstres de légende qui parcourent au Nouvel An les trottoirs du XIIIe arrondissement. En guise de lune de miel, le couple *just married* commencerait par s'offrir un premier voyage dans le village de naissance de la belle : quelque part dans le Xinjiang, pas trop loin de l'aéroport d'Urumqi pour qu'il soit possible de l'atteindre sans trop de difficultés. Ou à Hong Kong pour se passer de visa. Cette minuscule Chine autrefois britannique doit valoir le coup d'œil. Il paraît qu'on y roule encore à gauche tandis que, dans l'empire voisin, c'est à droite. Le cinéphile et géographe averti qu'est Pique sait aussi que, de l'île mythique, on peut en une heure de bateau gagner Macao, « l'enfer du jeu ». En smoking méphistophélique, il gagnerait dès le premier soir une fortune au baccarat sous les yeux énamourés de son amie en robe longue. Mais, au matin, elle aurait disparu, remplacée à ses côtés par une horrible tête de cochon ou de cheval posée sur l'oreiller. Mais non ! que serait venue faire à Asnières ou à Gennevilliers, sur le balcon d'une HLM, l'ancienne petite amie d'un mafieux de Macao ? Si elle est chinoise, elle doit travailler dans une supérette de Saint-Ouen ou dans un restaurant de l'avenue d'Ivry, à Paris. À la vérité, elle n'est pas chinoise.

Pourtant, on dit que les femmes asiatiques ont la peau douce. Pique n'a jamais eu l'audace d'échanger une bise avec Mlle Phoui qui tient le secrétariat du proviseur au lycée. Il faut respecter les populations contraintes à l'émigration par les terribles aléas de l'Histoire. Celle qu'il cherche pourrait être plus logiquement d'origine tonkinoise ou laotienne. Elle serait la fille ou la petite-fille d'un militaire français qui aurait épousé une femme « indigène » pendant le conflit indochinois ; ou qui aurait vécu avec elle avant de l'abandonner sur place. Le para indélicat, saisi de remords, aurait expédié l'enfant en métropole à ses propres parents, lesquels auraient refusé de recevoir cette petite bâtarde inconnue. De *Barrage contre le Pacifique* on passe à *Sans Famille* ou à *Romain Kalbris*. La petite métisse a été placée chez un couple de paysans, dans un village du Massif Central. Bientôt, sa gentillesse et sa vivacité persuadent l'institutrice locale puis ses professeurs au collège de la sous-préfecture voisine de l'inscrire au concours d'entrée dans une École Normale. Mais la beauté de l'adolescente est trop rare pour que son destin s'étiole dans la poussière de craie : des yeux en amandes, plus verts que bruns ; un squelette filiforme à la suédoise, habillée d'une peau exotique. Un premier voyage à Paris suffit pour la faire remarquer d'un client dans une brasserie, lequel la conduit illico au secrétariat d'une agence de *top models*.

C'est qu'il s'en passe quelquefois, de belles histoires, dans la plus solide des réalités ! Rien de plus invraisemblable que dans les pages d'Eugène Sue, de Dumas, de Victor Hugo. Encore faut-il comprendre ce que fait ensuite dans une barre de Seine-Saint-Denis une vedette internationale des magazines de mode. Facile ! Toute sa famille laotienne, menacée de se voir accuser par les vainqueurs de collaboration avec l'armée française, a réussi à fuir in extremis la péninsule indochinoise après le désastre de *Diên Biên Phu*. Celle qui secouera un jour une couette orange au-dessus d'un train de la banlieue parisienne a des oncles et des cousins demeurés francophones qui sont agriculteurs en Guyane et vendent leurs légumes au marché de Cayenne. D'autres sont devenus américains : éleveurs de crevettes en Louisiane ou garagistes dans la banlieue de Detroit. Seule sa propre mère, ou grand-mère, est restée en France où elle coule désormais une retraite utile en s'occupant de populations immigrées : elle sait ce que déracinement signifie ! À l'occasion, entre deux prises de vues publicitaires, sa célèbre petite fille vient lui apporter le réconfort de sa tendresse et de son élégance : la gosse n'hésite pas à se muer en modeste ménagère, à secouer sur le balcon la literie de son aïeule.

L'humour du hasard est terrible. Mais, puisqu'il s'agit d'humour, il serait inélégant d'en souffrir. En endossant le costume d'un détective, Pique n'avait pas imaginé à quel point il lui serait déjà difficile, avant même d'espérer retrouver l'inconnue, de repérer le lieu de son numéro de *Qi gong* avec couette. C'est une occupation à la fois excitante et épuisante qui meuble ses journées. Il commence par refaire plusieurs fois le trajet en train, entre la Gare du Nord et Argenteuil. Hélas, tandis que la vision qui l'obsède a sous ses paupières la qualité d'une image en haute définition, les immeubles réels paraissent vouloir se confondre dans une grisaille indistincte. Le futur enquêteur somnolait ce matin-là, bercé autant que bringuebalé par les soubresauts du tortillard ; plusieurs angoisses mêlées l'oppressaient, le départ de Liliane, les marges d'erreur dans les expériences scientifiques, et il a du mal à estimer rétrospectivement la durée écoulée entre le moment du départ et celui de l'Apparition.

Une fois circonscrit un territoire vraisemblable qu'il entend prospecter à pied, force lui est de constater que les voies ferrées ne suivent pas des chemins commodes de randonnée. De surcroît, le point de vue a changé : le regard du voyageur, haut placé dans le wagon, portait plus loin que celui du marcheur qu'il est à présent, englouti entre des murs de parpaings et des haies sauvages de *buddleja davidii*, accompagné de papillons indifférents à la laideur du décor. À plusieurs reprises il en vient à monter sur le ballast empierré avant de se faire jeter hors de la zone interdite par des cheminots courroucés. Un matin, il débouche, derrière un poste d'aiguillage couvert de slogans obscurs, sur l'un de ces campements

Rom navrants de misère que détruisent par intervalles des bataillons de policiers. À peine a-t-il passé les premières cabanes qu'il se trouve entouré par une nuée de gosses qui lui plongent des bouquets de petites mains dans les poches. Il aimerait les aider, mais visiblement ils ont décidé de le dépouiller sans attendre ses gestes de charité. Déjà s'approchent des femmes gémissantes sous le regard de quelques hommes nettement moins amènes. Pique n'est pas de taille. Il se sauve, honteux de sa déroute.

Souvent, il s'assoit sur un banc dans un square oublié par les services de nettoiement ou sur une chaise de plastique dans un café improbable coincé entre deux entrepôts, dont les vieux clients boivent du thé et jouent à des jeux bizarres en s'exprimant dans des idiomes inconnus, de l'arabe peut-être, ou du pakistanais, de l'afghan. Il n'y a plus beaucoup d'« ensouchés » dans ces friches industrielles, dont a donc également disparu l'argot des banlieues. On lui sourit. Il goûte le temps qui passe. Ses jambes s'apaisent. Il est bien. S'il repart, c'est seulement pour ne pas laisser ses hôtes s'inquiéter de ce que peut bien faire chez eux ce vieil indic. Un jour, dans un faubourg de Bois-Colombes, il remarque au moment de prendre congé de ses amis de passage qu'il est possible de jouer au Loto dans leur antre. Il fouille dans sa poche pour trouver de quoi parier, mais une voix retentit à son oreille, qui lui suggère de s'abstenir. Il se retourne : le conseiller tombé des nues est un bonhomme de son âge, dont la brioche et la barbiche peuvent se mesurer aux siennes.

« Et pourquoi donc ? demande Pique dont la surprise a coloré les joues.

– Dieu vous surveille ! répond l'homme avec une expression énigmatique dans laquelle il est difficile de faire la part de l'humour et celle de la conviction.

– Connais pas !

– Vous avez une chance sur treize millions…

– Oui, oui, je sais. Il y a bien des gagnants ?

– *Avant*, tout le monde perd. Le gagnant, c'est une monstruosité qui se révèle *après*.

– Comprends pas.

– Dans la réalité vous perdez. Si vous gagnez, vous êtes dans une occurrence impossible. Vous êtes un ange ou un diable. C'est le seul choix que vous offre l'achat d'un ticket : rester pauvre ou devenir fou. Au revoir Monsieur. »

Un peu plus tard ou plus tôt, le voici vacillant, étranglé par une tresse d'avenirs qu'il ne parvient plus à dénouer. Mille fantômes le cernent, venus il ne sait d'où : la jeune fille à la perle de Vermeer, Bulle Ogier dans sa jeunesse ; une actrice américaine avec un nom danois ; une folle ou une malade qui veut qu'on l'appelle *Ténèbre* ; une prêtresse nue qui se retourne sur le côté et veut dormir un peu… Une certaine *Esther* inconnue chaussée de lunettes noires s'accroche particulièrement ; non sans humour puisque son nom veut dire « je me cacherai ». Au bras d'une telle mystérieuse, l'ancien étudiant communiste pourrait enfin s'offrir le plaisir d'un voyage discret en Israël que Liliane n'a jamais voulu envisager « pour ne pas apporter sa pierre aux colonies juives ». Sous les paupières de Pique, le rêve l'emporte sur la politique. Sodome, Loth et sa femme, Jacob et Esaü, Massada, Jérusalem ; et puis la Galilée, Bethléem, le Jourdain, Hérode et Ponce Pilate ; que de poussières d'histoires dans lesquelles ajouter la marque de ses pas ! que de clins d'œil à lancer à des spectres fabuleux, n'en déplaise aux camarades et aux frères maçons !

Épuisé par ce torrent d'associations, il se demande s'il peut encore trouver le chemin d'un calme paradis, d'une évidence heureuse. Il sonnerait, la fille lui ouvre la porte, on voit le balcon derrière elle et, dans une autre pièce, la couette orange sur le lit. On dirait un tableau de Bonnard. Elle sourit en écoutant ses explications embrouillées : le train, une mouette, un rire et quelques pleurs, l'eau sous le pont d'Argenteuil, des reflets, des impressions, des taches d'une lumière décomposée… Un tremblement gagne le pinceau du peintre, une fluctuation déchire le présent, un nouveau monde commence. Ils s'éloignent main dans la main.

Où peut-il bien être, en ce carrefour désolant ? à Asnières ? à Levallois-Perret ? peut-être pas si loin de l'Ermitage de Rousseau ? « Pardon madame, de quel côté est la gare, s'il vous plaît ? » À l'époque du Genevois, il n'y avait pas de train. Quand le jeune homme devait monter d'Annecy à Paris, s'il ne pouvait s'offrir « la Poste » ou « une chaise », il le faisait à pied. Comme Pique.

Un matin, en s'attardant entre les étals d'un marché d'Épinay, il se dit que ses rêves sont trop doux, qu'ils ont des allures de « tentations » semblables à celle à laquelle succombe le Christ dans le livre de Kazantzakis et le film de Scorsese : une simple vie heureuse d'époux et de père. Peut-être devrait-il, à l'inverse, planter un mauvais début en espérant que lui succède un retournement bouleversant ? Si dans une belle histoire le diable se cache sous les détails, dans un conte cruel c'est sous la souillon qu'on trouve la princesse ? Un creux appelle une bosse ; une descente, une remontée prochaine ; une dépression annonce déjà l'anticyclone qui va suivre : le philosophe en vadrouille ne sait plus où il a lu ces puissants adages. Voyons cela.

Bulle ou Scarlett a un frère *serial killer* qui l'utilise depuis leur enfance commune pour attirer ses victimes. Un appât doit s'exposer : quel meilleur emplacement qu'un balcon et quelle couleur plus repérable qu'un orange fluo ? Espérons au moins, se dit la victime désignée, pouvoir jouir de quelques douceurs de la belle avant de se faire découper par l'autre cinglé.

Elle a le sida, et elle se venge de son pitoyable destin en transmettant le terrible virus à des bataillons d'amants. Pique se souvient d'avoir vu, dans les premières années de la terrible épidémie, un téléfilm de la BBC qui l'avait marqué parce que le conte se déroulait dans un établissement scolaire semblable au lycée dans lequel il officiait lui-même. Un prof jusque là sans histoires, mari fidèle, cédait aux avances torrides d'une de ses plus jolies élèves. L'anecdote, outre sa saveur érotique, avait toutes les séductions de l'interdit, car les deux partenaires s'unissaient dans la classe où venait de se dérouler le cours réglementaire de biologie ou de maths ; tout de même pas de philosophie morale ! Quel enseignant mâle n'a jamais dû repousser une tentation ou un rêve de cet ordre ? Enlever sa culotte à une fille sur une estrade de pédagogue pendant une interclasse, la hisser dans ses bras, lui poser les fesses sur le bureau, quelle affaire ! Le lendemain, après une soirée en famille pendant laquelle le contrevenant s'était étouffé de malaise et du désir de recommencer, il avait trouvé un petit mot manuscrit dans son casier qui disait seulement : « *Sorry* (désolée) ». De surcroît, la belle avait disparu. Un terrible doute avait alors submergé le malheureux imprudent. Analyse faite, il était infecté. À l'époque, les procédures de survie étaient encore balbutiantes, les risques de contamination mal connus. Il devait avouer son forfait à son épouse, renoncer à l'étreindre, à embrasser ses enfants, à fréquenter élèves et collègues. Il perdait en même temps sa famille et son emploi. Il ne pouvait plus que cacher son chagrin et sa honte dans quelque recoin isolé. Dans le souvenir de Pique, le scénario ne traitait pas l'aspect le plus brûlant et le plus mystérieux de la fable : l'adolescente avait-elle cédé sans malice à un emportement de l'instant ? ou bien la diablesse avait-elle procédé intentionnellement à cette forme de messe noire ?

Le prospecteur s'ébroue pour chercher une fable qui soit moins perverse, sans céder sur la noirceur ; qui joue par exemple la survenue d'un événement violent, d'un de ces accidents que la rumeur ordinaire dit volontiers stupides. Il trouve la fille, elle est parfaite, gentille, fabuleuse, excitante, féerique. Elle passe une main délicate sous le bras de son découvreur. Et puis, au sortir de l'immeuble, elle se fait écraser par un affreux camion couvert de boue qui emporte des gravats depuis un chantier voisin. C'est qu'on construit beaucoup en banlieue, il faut utiliser le 1% de quelque chose pour combler le retard du pays en matière de logements sociaux. Pire, c'est Pique qui, fermant les yeux en conduisant pour mieux se représenter son bonheur, jette sa voiture sous un bus, transformant la passagère sur sa droite en un immonde amas de chairs sanguinolentes. Mais alors où serait la fin heureuse ? Heureusement, il n'a pas de voiture.

Les contes ne lâchent pas prise pour autant. Une affreuse marâtre a fait consommer à l'innocente une pomme empoisonnée dont un morceau lui est resté dans la gorge. Elle est endormie pour longtemps sauf si Pique la réveille. Mais, au moment où il se penche sur elle, des nains lubriques et assassins se dressent derrière le lit... Le scénario paraît peu vraisemblable, mais en vérité il ne serait pas difficile d'imaginer un début, puis des péripéties, qui rendraient cette issue parfaitement logique. Le réel tient en réserve d'inépuisables recueils, où puise l'esprit des auteurs. L'histoire de l'humanité en propose quelques bribes horrifiques ou franchement amusantes.

En deux mots. L'immeuble est une clinique. Un bataillon d'internes et d'infirmières fait subir à Pique des examens d'entrée. Puis, on l'introduit dans un bloc opératoire que décore un blason de l'ordre des pharmaciens portant serpent. Un chirurgien barbu lui entaille profondément le côté et en sort la compagne que cherchait l'impétrant. Elle était en lui !

*

Argenteuil, la Seine. Le paysage est net, mais dans la brume qui lui noie le cerveau il reconnaît celle qu'ont représentée les impressionnistes. S'il était ministre de la culture, il commanderait à un sculpteur plusieurs statues de bronze qu'il ferait implanter sur le pont. On y verrait Courbet devant son chevalet ou penché sur un bloc à dessins ; à distance, Monet, Signac, Seurat, Sisley, semblablement occupés mais s'ignorant les uns les autres ; et, un peu à l'écart, un petit bonhomme barbichu et ventripotent figé dans une attitude de discobole ; l'idéal serait de faire tenir en l'air la serviette projetée. Les journalistes tenteraient d'identifier ce personnage insolite. Mais ni les commanditaires ni l'artiste lui même ne sauraient plus de qui il pourrait bien s'agir. Il est bon que des mystères demeurent.

Aujourd'hui, le réel a trouvé une autre forme de plaisanterie. Il a griffonné une petite scène supplémentaire près du cadre inférieur du tableau. Un groupe d'hommes grenouilles s'affaire à la verticale de la rambarde, remontant à la surface un bric-à-brac d'objets qui souille le fond du cours : canettes, jouets d'enfant, une poussette, un vélo. « Il faudrait une grue, s'exclame l'un d'eux après avoir libéré sa bouche du détendeur, il y a une machine à laver et une grosse moto ! ». On voit venir le coup de théâtre. Dans un roman, un plongeur poserait sur le quai un cartable souillé de vase dont des gosses présents s'amuseraient à détailler le contenu : des feuilles surchargées de formules scientifiques. Pas de ça dans le destin de Pique ! Il a une autre idée pour remonter le temps.

Il va tout simplement tenter un trajet inversé, en revenant à pied vers Paris. La perspective est troublante, elle superpose deux espaces. Il va en quelque sorte marcher à la rencontre d'un autre lui-même, qui a déjà plusieurs fois entamé son périple pédestre à la Gare du Nord, aux Batignolles, aux environs de Clichy. Quand les deux avatars se heurteront, la fille jaillira comme un geyser de cette catastrophe interdite.

Il lui est toujours aussi difficile de trouver son chemin dans le lacis des rails, mais l'horizon lointain des grands immeubles qui bordent le boulevard périphérique de Paris lui permet de ne pas perdre le nord, en l'occurrence le sud. Un café ou un thé à la menthe au comptoir d'un estaminet peuplé de travailleurs immigrés lui fera le plus grand bien. Ah ! voici de surcroît de quoi se rendre utile à son prochain. Un petit bonhomme ridicule, aux traits creusés d'angoisse, s'apprête à jouer au Loto. Pique retrouve son talent de pédagogue pour expliquer au malheureux qu'il ne faut pas s'aventurer dans ces steppes dangereuses. Ou bien on perd, ou bien la folie guette le gagnant qui se croira élu des dieux.

Enfin, l'errant aperçoit un immeuble qui peut passer pour celui qu'il recherche. Il y a entre la façade sale et le grillage protégeant la voie ferrée un *no man's land* souillé de détritus, sans doute visité à l'occasion par moineaux et mouettes. Les portes sont de l'autre côté, et un panneau au-dessus de l'une d'entre elles annonce la présence d'un gardien. L'homme est très soupçonneux, et même désagréable. Pique l'a dérangé tandis qu'il regardait un feuilleton, bière en main, sur un poste de télévision à l'écran minuscule et bombé :

« Une femme avec une couette, dont vous ne connaissez pas le nom ?

— Je reconnais que c'est un peu difficile, mais, si vous avez un début d'idée, j'irai voir.

— Vous irez voir où ?

— Chez elle.

— Il est dingue ! C'est une propriétaire ou une femme de ménage ? Quel âge, d'abord ?

— Euh… vingt-cinq, trente, quarante peut-être. »

Ce qui navre le plus Pique dans cette conversation n'est pas l'échec de sa quête : c'est de voir son rêve se salir sous un autre regard. Il aurait préféré d'autres occurrences. Le concierge aurait été aimable, il aurait remarqué l'épuisement de son interlocuteur, il lui aurait offert un verre d'eau et annoncé d'avance une rencontre magique avec cette mademoiselle Perle aux formes et à l'humeur si plaisantes. Une fois la présentation réussie, sans aller jusqu'à une étreinte physique sur la couette orange, quelques autres coïncidences auraient noué une intrigue féerique comme dans ces jeux télévisés qui transportent les concurrents dans des îles paradisiaques. *Justement*, elle avait rêvé de sa venue, pique était sa couleur fétiche pour parfaire les réussites dont elle meublait ses après-midi, elle savait désormais sous quel billet « à gratter » l'attendait la fortune. Dans l'attente de ce miracle, en réunissant leurs économies ils auraient acheté dès leur retour à Paris des billets pour Reno et Las Vegas. Si, il y a bien une agence de voyages à la Gare du Nord, *sncf.com*. Et, en attendant leur départ, ils auraient gagné pour passer leur première nuit le palais de la rue de l'Échaudé.

Le détective confit de ridicule se prépare à voir le cerbère lui claquer au nez la porte de la loge, lorsque retentissent dans son dos des voix juvéniles :

« Eh ! c'est le vieux rigoleur ! »

Il se retourne. Voici donc la surprise concoctée par le hasard, ce fichu plaisantin : non pas Cendrillon elle-même ou sa marraine la fée, mais les deux adolescents que son éclat de rire avait décontenancés dans le train. Ah ! c'est qu'il faut prendre garde à ne pas oublier des témoins ! L'un porte toujours ses grosses baskets dont les lacets sont retournés dans les chaussures et coincés sous les pieds. Les *tongs* que traîne l'autre paraissent indiquer qu'ils sont eux-mêmes des occupants de l'immeuble. Cette déduction vaut sur le champ à Pique, malgré le malaise qui l'étouffe, une bouffée d'espoir : ces garnements savent peut-être quelque chose ?

« Ici, on peut fumer, fait le premier sans attendre sa question. T'as des cigarettes ? »

Tandis que le second s'adresse au concierge :

« Qu'est-ce qu'i veut ?

– Il délire ! Une *meuf* avec une couette orange.

– Ah, ouais !… Sur le balcon, le matin… C'est Julie ! Voyez-moi ce vicieux ! »

Bingo ! *Julie*, donc, pas tout à fait Juliette ! Hélas, le gosse s'avance et plonge un index raidi dans le ventre de Pique qui se plie de douleur :

« Si tu la touches, je te bute ! Tu te casses, vieux salaud ! »

La situation ne paraît pas rattrapable. Julie doit être une *Lolita* du même âge que ces tueurs. Aucune chance de construire avec elle un nouveau récit acceptable. C'est déjà fait. Tandis que s'éloigne en titubant un *Humbert Humbert* débouté, lui vient une pensée qui atténue son désespoir. Il aurait pu connaître un désastre plus complet encore si s'étaient trouvés là quelques-uns de ses anciens élèves, qui auraient alors colporté sa mésaventure au lycée. Tout compte fait, il vaut mieux trier les témoins.

Il était donc encore prisonnier ? Le voici libéré de

ses rêves improbables, de nouveau rafraîchi par la bruine d'un vide séduisant. Il ne gagnera pas au Loto ; la jeune fille à la perle ne sortira pas de son tableau, encore moins d'une reproduction ; aucune mouette noire ne se transformera en Natalie Portman. C'est doux. Ah, déjà Paris ?

La nouvelle fluctuation prend la forme d'une boutique de lingerie dans la vieille rue Quincampoix qu'il a préférée au trop bruyant boulevard de Strasbourg en descendant vers la Seine. *Cui qu'en poist* : « à quelque personne qu'il en pèse ». Pas à lui ! il a le cœur léger. Derrière la vitrine maculée de poussière s'aperçoit une magnifique paire de draps orange. Il décide de l'acheter et de proposer à Juliette de s'y enfouir avec lui ; Juliette, la volontaire du fast-food. Sa vie prendra sens en se bouclant sur un cercle de raisons scellé par un secret. La transaction s'étire car le vendeur, dont une cicatrice remplace l'un des yeux, a reçu un appel téléphonique, il s'esclaffe en conversant, oubliant l'acheteur. Pique sent des blessures s'ouvrir dans ses poignets, il entend dans ce rire celui du Malin dans *La dernière tentation du Christ,* lorsque, après avoir vécu des années humaines avec femmes et enfants, Jésus aperçoit que ce n'était qu'un rêve fallacieux de quelques secondes et se retrouve de nouveau crucifié, remerciant Dieu que « tout soit accompli »… Pas de ça ! ni Dieu ni Diable ! assez de tragédies !

L'aventurier pose sur le comptoir le paquet qui lui brûle les mains, en se souvenant d'avoir semblablement repoussé son manuscrit dans le magasin de photocopies.

Il demande si les mêmes draps existent de couleur bleue.

« Oui, bien sûr, vous paraissiez fixé sur ce que vous vouliez.

– Plus exactement, je suis désormais certain de ce dont je ne veux pas. Une coïncidence, ça va. Mais, plusieurs, bonjour les débats.

– Les dégâts, peut-être ?

– Il ne faut pas gagner au Loto.

– Si vous le dites. Au revoir, monsieur. Bonne journée. »

Aux dernières nouvelles, Pique va bien. Il a peut-être épousé Juliette. Il envisage d'écrire un conte : l'histoire d'un petit bonhomme qui…

PREMIÈRE LECTRICE

Mon cher amour,

Il fallait bien que je te réponde un jour ; que je t'écrive à toi et non plus, comme dans mes livres, à l'humanité entière. J'ai encore, dans mes papiers secrets, l'enveloppe sur laquelle tu avais inscrit mon nom sous celui de mon éditeur et que tu avais jetée en frémissant dans une boîte de la Poste comme une bouteille à la mer ; sur le Vieux Port de Marseille, car tu étais en vacances en Provence. Tu l'avais parfumée d'une odeur de lavande qui ne s'est pas dissipée depuis tant d'années. Je n'étais à l'époque qu'un écrivain débutant, auteur d'un unique et mince roman passablement scandaleux, que tu venais de lire : la transcription d'un dialogue entre deux amants nus, « luisant de leurs humeurs échangées », et méditant entre deux étreintes sur le statut du plaisir dans les cultures humaines. Tu t'étais reconnue dans cette nouvelle Ève, à l'âme et aux cuisses ouvertes, qui recevait en même temps une citation de Platon ou de saint Augustin et une infusion de sperme chaud. Tu étais ma première lectrice, ma complice, et tu ne pouvais déjà que devenir ma femme. Nous nous sommes rencontrés à la brasserie *Aurore* dont le nom annonçait de nouveaux jours. Ton rire, tes yeux, tes dents, la courbe de ta nuque, la douceur de tes mains et leur force aussi bien, m'ont capturé. Mon sexe s'est dressé, je ne savais plus qu'en faire. Nous nous sommes roulés dans mes pages, dans tes draps, dans les miens, dans les nôtres. Nous avons bu nos salives, nos sueurs, nos chaleurs. Nous avons fait deux merveilleux enfants. Mon corps s'est allongé d'une ombre derrière moi, penchée sur mon épaule : la tienne. Je ne pouvais deviner qu'elle finirait par me peser. Aujourd'hui, je me retourne.

Notre vie s'est déroulée sous le regard de la fée écriture ; gentille marraine ou sorcière carabosse, je te laisse juge. Mes livres se sont multipliés. Tu as laissé s'estomper la silhouette de ton jeune amant. Tu n'as plus vu que cet écrivain célébré qu'il me vient d'évoquer à la troisième personne plutôt qu'à la première. Tu as pris en main ses relations publiques. Tu as géré son emploi du temps, planifié ses rendez-vous, contrôlé les traductions de son œuvre : la mienne pourtant. Pour t'opposer aux demandes d'entretiens qui m'étaient adressées, tu as inventé la nécessité de ma « solitude créatrice ». Sans mesurer la contradiction entre ce programme et la présence de ton fantôme dans mon cabinet de travail. J'étais sur une crête. Tu m'as entraîné vers le côté où tu étais installée. C'était me priver de l'autre pente et peut-être de mille avenirs différents. Quelles vies y avait-il au fond de ces vallées, qui me resteraient inconnues ? Progressivement, il m'est devenu insupportable de pas voir les mondes dont ton amour me privait. Je me suis senti aveugle, ou pour le moins borgne. Mes rêves, ma destinée, sont devenus des limbes interdites de réel. Tu n'as guère soupçonné que le paladin qui t'avait prise en croupe autrefois existait toujours derrière notre morne présent et qu'il lui arrivait d'étouffer dans tes bras constrictors.

Je veux rouvrir les portes de la Caverne devant ce personnage oublié qui me hante, sans que je puisse deviner d'avance si j'aurai la force de lui redonner vie, si me viendront des chapitres excitants ou si la page restera blanche. Quel roman !

Je suis parti. Je suis ici, dans cet avion qui s'apprête à se poser à Hong Kong ou à Santiago du Chili, peu importe. Nous sommes passés au-dessus d'une improbable Urumqi, ou bien ce sont les neiges de la Cordillère qui brillent sous nos ailes. Je ne sais pas très bien où se tiennent ces phrases. C'est le problème des récits de voyage – je sais, je l'ai déjà dit, mais l'objection refait surface lorsque précisément on est ou on était en chemin. On a envie de traduire ses émotions au présent, mais elles ne prendront corps que plus tard, chez soi, après de longues séances de travail. On n'a peut-être même pas de papier ou d'ordinateur sous la main.

J'adore les avions. Il fallait que je sois seul de nouveau pour que me revienne d'une bouffée d'images toute l'histoire de la planète. Il y a eu un *Big Bang*, des particules en folie, des galaxies, des étoiles, des boules refroidies, des océans, des vagues, et puis une empreinte de pas sur la plage… J'adore cette époque où le destin m'a fait naître. Je m'amuse de cette phrase idiote, car, en un autre siècle, à une autre seconde, dans d'autres circonstances, ce n'eût pas été moi. Il n'y avait pas d'âme préalable portant déjà mon nom, attendant de descendre de quelque confrérie angélique. Le spermatozoïde qui a fécondé ma mère s'est extirpé d'une meute de plusieurs millions de concurrents identiques et différents, tous également méritants. Mais il reste vrai que, dans la peau d'Alexandre, de César ou de Napoléon, dans celle de Ptolémée ou de Galilée, je n'aurais pu sentir aussi directement la finitude de notre petite planète que sous ces réacteurs qui ronronnent. On est un peu hors du monde dans ces ventres de métal suspendus dans les nues, ce qui permet d'en prendre la mesure et de lui dire son amour. Je radote ? Accorde-moi cette mélopée qui vaut pour moi une prière. Au fil d'un vol long-courrier, le temps lui-même suspend sa dictature. On ne sait plus si c'est le jour ou la nuit, si c'est encore l'heure de dormir, si c'est vraiment celle de manger. Il me semble que je pourrais presque passer le reste de ma vie en avion, en sentant sous mes pieds le merveilleux patchwork des paysages, des plantes, des animaux, des civilisations.

On a pu autrefois vouloir réduire le hasard à notre

infirmité : prétendre que, si nous connaissions la position et le mouvement de toutes les particules composant une pièce de monnaie, nous pourrions calculer si elle va tomber côté pile, côté face, ou rester sur la tranche. C'était s'aveugler sur la liberté des choses. Les mathématiciens ont inventé, pour dire des évolutions dont la moindre *fluctuation* peut radicalement modifier le cours la formule obsédante d'*attracteurs étranges*. L'inconnu m'appelle.

Je reviens vers toi. Tu te souviens de cette conférence à laquelle nous avons assisté ensemble pendant un *Salon du Livre* ? J'étais épuisé après trois heures de signatures, de « quel est votre prénom ? » et de « bien cordialement ». Après nous être accordé quelques pas dans les allées, avoir salué quelques collègues de talent et quelques célébrités improbables, nous nous étions glissés dans une sorte de grande tente d'où montait une voix intrigante. Nous pensions ne rester que quelques minutes, mais l'orateur nous avait immédiatement retenus, tant par le sujet de son discours que par sa silhouette : un deuxième professeur Tournesol ! que seul un avantageux embonpoint distinguait de l'original ; ou un comte Zaroff ; un avatar du Méphistophélès faustien. La barbiche y était. Le bonhomme, un scientifique de renom, avançait que, si le fameux *Big Bang* était une hypothèse douteuse trop semblable à la Genèse biblique, « l'intéressant venait après ». Les organismes vivants étant conçus pour se reproduire à l'identique, les seules nouveautés, les améliorations comme les défauts, ne pouvaient naître que d'erreurs dans la réalisation de ce programme. Les chefs-d'œuvre de la vie étaient des *Joconde*, des *Première aquarelle abstraite*, que l'usure du vernis avait fait émerger des images copiées.

Quelques auditeurs ne s'étaient pas fait faute de demander quelle pouvait être la place du Créateur dans un tel système. Le Coluche luciférien s'était bien sorti de ce piège en commençant par mettre les rieurs de son côté : « Dieu ou pas, avait-il répondu, Personne ou personne, avec ou sans majuscule », la véritable question était de savoir si un plan organisait d'avance les grandes lignes de l'Évolution ou si celle-ci s'inventait au fur et à mesure de son éclosion. Il voulait bien, quant à lui, « suggérer à l'Académie Française et au Grand Rabbin d'Israël d'ajouter le mot *Hasard* dans la célèbre liste, bénie soit-elle, des *Élohim, Adonaï, Iahvé, Jéhovah, Ein Sof, Hamakom, Hashem,* etc. ». Une petite dame s'était alors levée en criant au scandale, affirmant qu'il fallait d'abord que le Père ou le Fils ou le Saint-Esprit, qui lui parlaient chaque nuit à tour de rôle, en convinssent. La réunion avait tourné au meeting confus.

Cet épisode a laissé des traces dans notre couple. Nous l'avons cent fois évoqué dans nos conversations, ou bien parce qu'une réflexion entendue nous en rappelait le thème, ou bien parce qu'une silhouette aperçue redonnait vie à son messager. Si j'y reviens ici, c'est parce qu'il me semble que ma présente décision peut s'apprécier à cette lumière. Le nouveau, l'invention, sont par définition des surprises, des cadeaux de l'instant, « de bonnes scories du mal » ; la répétition, la reproduction, des garanties de survie à court terme, mais, à distance, des messagères de mort. Ta première lettre avait été pour moi un imprévisible cadeau, « un don du ciel » m'ouvrant l'avenir en me confirmant dans mon destin d'écrivain. Une jeune fille inconnue me disait que mon livre l'avait bouleversée, que ces mots nés de mes propres rêves la faisaient défaillir. Et elle se révélait belle. Elle se donnait à moi. Elle me proposait de nous lancer à deux dans une course qui s'annonçait heureuse… Hélas, le chemin de grande randonnée est avec le temps devenu la piste d'une arène. Les applaudissements de la foule n'ont pas suffi à me retenir. Après un nombre infini de tours, il m'a soudain semblé que je n'avais plus d'autre issue que la fuite. Par une petite porte, dans un coin des gradins.

Je suis parti pour rester vivant. À Hong-Kong ou à Santiago parce que je n'ai strictement rien à y faire ; pour qu'un vieil horizon ne ferme pas mon rêve. Je trouverai un désir nouveau. Ça se trouvera. Briser la répétition confronte à l'inconnu. Dans mon premier livre, un évangile pour toi comme pour moi, j'avais peint un groupe de vieux clochards ou de jeunes desperados, je ne sais plus, qui « jetaient du hasard dans l'Histoire » du haut d'une falaise. J'aimerais les retrouver et les accompagner dans leur errance.

« Monsieur, vous avez sonné ? – Oui. Auriez-vous s'il vous plaît quelques feuilles de papier ? Je voudrais écrire une lettre. »

FIN

Du même auteur

En librairie

Quand ces choses commenceront… (essai) *Arléa*
La nuit celtique   (essai) *Terre de Brume/PUR*
Aborigène occidental   (essai) *Mille et une nuits*
Espèce d'homme !   (essai) *Éditions du Temps*
Gwir   (essai) *Yoran Embanner*
le-septième-jour.net   (nouvelles) *Dialogues*

Sur internet,
en format numérique ou en livre imprimé

Préavis   (comédie)
Rature   (roman)
Cohensidansepochtli   (roman)
Sexuelles   (roman)
Tolente   (roman)
Aveuglément   (nouvelles)
Quoi d'Autre ?   (essai)

Biographie et filmographie (télévision) sur Wikipedia
mt@michel-treguer.com

Certains des livres que j'ai écrits ont été classiquement édités, distribués en librairies et bibliothèques. D'autres « n'ont pas trouvé d'éditeur » comme on dit, bien qu'à mes yeux ils vaillent les premiers. Je n'entends pas discuter les raisons de leur proscription. Semés dans l'obscure forêt du monde, tels les cailloux du Petit Poucet, j'ai souhaité les sortir de mon seul souvenir ; les exposer à d'autres lumières, aux regards de lecteurs cachés et des anges… Belle époque que celle qui permet d'échapper à l'enfermement !

L'autoédition était jusqu'à l'invention d'Internet une procédure misérable contraignant l'auteur à proposer lui-même ses livres à quelques boutiquiers compatissants, à tenir une comptabilité des volumes placés, puis à revenir dans les mêmes échoppes constater les ventes. Impraticable, humiliant et vain.

Rien de comparable à présent. Ce sont des sociétés mondiales qui diffusent les ouvrages, en format numérique et depuis peu sur papier, à des lecteurs qui peuvent passer leur commande individuelle depuis n'importe quel point du globe. Les éditeurs conservent leur rôle éventuel de détecteurs de talents, d'agents de publicité, de promoteurs de traductions, mais des livres peuvent désormais naître et trouver leurs lecteurs sans eux. Sans doute verra-t-on un jour prochain un ouvrage autoédité sur Internet « faire le *buzz* » et peut-être même gagner un prix littéraire si les critiques ne craignent pas d'apparaître comme des terroristes destructeurs d'antiques institutions !

Je reviens plus longuement sur ces nouveautés radicales dans des pages qui figurent à la fin de l'essai *Quoi d'autre ?* lui-même autoédité.

Quant aux reprises qui entrecroisent mes différents récits, elles sont une trace – un cadeau ! – de l'âge précédent ; une caractéristique à laquelle je trouve aujourd'hui une saveur sacrée, parce que ce sont au départ des difficultés objectives qui me l'ont value, plutôt qu'une décision personnelle.

Les refus des éditeurs auxquels je les adressais n'entamaient guère mon propre avis sur mes manuscrits, pas plus que les remontrances de Sancho Pança ne détournaient Don Quichotte de ses rêves ! Je les avais tant travaillés qu'ils m'apparaissaient comme de modestes « chefs-d'œuvre » du « compagnon d'écriture » que j'abritais dans mon corps. Je voulais bien être jugé à leur aune par les maîtres de la *doxa*. Je regrettais d'autant plus de voir des thèmes et des épisodes qui m'étaient chers demeurer engloutis dans une nuit désertique.

Il m'est alors arrivé, en écrivant un nouveau texte, de penser qu'y serait aussi bien en situation une idée, une séquence, déjà placées dans un ouvrage précédent non publié. Un nouveau château s'édifiait, qui avait un air de parenté avec les précédents, ce qui ne pouvait étonner leur commun architecte.

Or, les temps ont changé, et l'humour s'est imposé à la tragédie. Voici à présent tous ces livres au grand jour et ces chevauchements clairement exposés. Je les ai d'abord conservés pour laisser à chaque ouvrage sa juste composition. Ces rappels ne pourraient fatiguer que des lecteurs assez courageux pour les parcourir tous !

Mais bientôt, en relisant un à un ces romans, il m'est apparu que ces redondances donnaient à leur ensemble l'étrangeté troublante d'une construction concertée, dans laquelle le temps, l'espace, la complexité, le hasard, avaient leur part, à côté de ma volonté d'auteur. Plus encore que chaque récit singulier, c'est désormais leur bouquet, leur réseau intégré, que je revendique. Il devient alors piquant de penser que cette œuvre globale doit son existence aux refus opposés par les éditeurs classiques aux volumes successifs, car, si un seul d'entre eux avait été publié, les reprises des autres m'auraient sans doute retenu de les libérer… Cet *inter-roman* – comme il y a des intertextes – ne pouvait prendre corps qu'à l'issue de cette épreuve et grâce à l'apparition, sur cette bonne vieille planète jamais à court de nouveautés, de « l'auto-édition 2.0 ».

J'aimerais tant apprendre un jour qu'un aborigène australien, un indien amazonien, en ont téléchargé quelques pages. C'est techniquement possible. Belle époque !